通假

初中文言
攻略

上

李國君 陳家汶 編著

頂活用

句子成分

古今異義

前言

　　自 2015 年教育局於中四中文科課程引入 12 篇指定文言經典學習材料，列明範文屬必修課文，並於去年起在文憑試中展開考核。訊息一開，學子始料強化文言基礎之必要，加緊操練。近年坊間也湧現了文憑試範文應答技巧的相關書籍，如雨後春筍。這種「以考促學」為文言世界帶來前所未有的關注，作為語文愛好者，筆者實感雀躍。

　　參照考評局改制下 2018 年文憑試中文卷一試題，文言閱讀能力的分數佔了 50%（指定及課外篇章各佔 30% 及 20%）。換言之，要在中國語文科的文憑試中取得佳績，得在文言部分好好表現。然而，執教有年，多見同學待至高中始「惡補」文言文，文言基礎知識尚未於初中階段充分掌握，遑論兩年間 12 篇指定文言篇章之通讀及應用。至此，筆者思之甚憂。

　　坊間文言應考的文憑試參考書籍櫛比鱗次，筆者自忖初中階段即為吸收文言知識的「黃金時期」，畢竟學好文言文乃涓滴成河之舉。校園言談間，同學亦訴文言文晦澀難懂，望而生畏。有見及此，筆者嘗以文言的「語法」及「語境」為綱領，重點講授「拆解」、「速讀」二法，並以中國傳統思想文化為輔，建立學生對解讀文言篇章的信心，冀打破「文言文是洪水猛獸」之迷思，此實乃筆者編寫之初衷。

當然，習日累多，同學們學習文言文便不能僅僅通過技巧在表面的理解上原地踏步，反倒要深入文本，掌握篇章裏的文化及思想內涵，汲取箇中智慧，鑑古知今。這樣，文言文才發揮它的真正功效。

　　至此，筆者惟盼同學們惜取光陰。要練出紮實的文言基本功，並無捷徑可走，唯勤是岸。筆者相信「習伏眾神」，只有多閱讀，多思考，才能提升語文水平，起觸類旁通之效。

　　本籍之編著力求貼合初中生同學的程度及學習需要，倘見漏疏，還望讀者不吝賜正，於此謹致謝忱！

　　　　　　　　　　　　　　　李國君謹識
　　　　　　　　　　　　　　　2019 年 4 月

目錄

前言 　　　　　　　　　　　　　　　　2

語法篇

句子成分 　　　　　　　　　　　　　　8

詞組結構 　　　　　　　　　　　　　　18

文言語序 　　　　　　　　　　　　　　23

文言省略 　　　　　　　　　　　　　　27

文化要素 —— 家國篇 　　　　　　　　33

　練習一《螺蜆傳》 　　　　　　　　　33

　練習二《曹劌論戰》 　　　　　　　　41

　練習三《公孫弘詐而不實》 　　　　　49

實詞篇

一詞多義   58

詞類活用   65

古今異義   79

通假字   85

文化要素 —— 智慧篇   91

    練習四《小時了了》   91

    練習五《晏子使楚》   98

    練習六《韓信受辱》   109

答案冊   115

語法篇

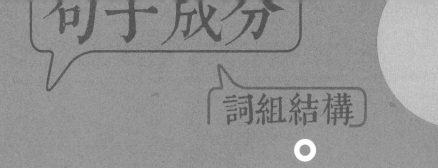

句子成分

詞組結構

文言語序

文言省略

句子成分

要拆解文言篇章，首要條件是對句子成分的充分認識和瞭解。那麼，甚麼是句子成分？

句子成分即是句子的組合元素。事實上，古代漢語（文言文）與現代漢語（語體文）一樣，也是由句子成分組成。句子成分為兩類，一是主幹成分，包括主語、謂語和賓語；二是附加成分，包括定語、狀語和補語。同學或許會問：「句子成分如何體現於文言文中？又有甚麼例子？」現在不妨讓我們看看下表吧：

句子成分	定義	例子	解說
主語	主語指謂語的陳述對象，指出謂語説的是「誰」或是「甚麼」，如「允行是一名好學生」中，「允行」便是主語。	吾日三省吾身。《論語·學而》	「吾」是主語，意思是「我每天都多次作自我反省」。
謂語	謂語是對主語加以説明或描寫的成分，能回答「是甚麼」、「做甚麼」、「怎麼樣」等問題，如「華生乘車上班」中，「乘車上班」便是謂語。	兵挫地削。《史記·屈原列傳》	「挫」和「削」是謂語，意思是「軍隊被挫敗，土地被削減」。
賓語	賓語是行為動作涉及的人或事物，如「老師走進了課室」中，「課室」便是賓語。	臨江之人，畋（音田）得麋麑（音微危）。柳宗元《三戒·臨江之麋》	「麋麑」是賓語，意思是「臨江一住民打獵時捕獲了一隻小麋鹿」。

句子成分	定義	例子	解說
定語	定語起修飾作用，指出中心語是「**誰的**」、「**多少**」、「**甚麼樣的**」等情況。	毛先生以三寸之舌，強於百萬之師。《史記·平原君列傳》	「三寸」和「百萬」是定語，意思是「毛先生的三寸舌頭（口才）比百萬雄師還要厲害」。
狀語	狀語常作修飾謂語用，如「我們一家愉快地度過週末」中，「愉快地」便是狀語。	病萬變，藥亦萬變。《呂氏春秋·察今》	「萬」是狀語，意思是「病症千變萬化，下藥也要千變萬化（不能一成不變）」。
補語	補語補充或說明行為、動作的程度、趨向、情況、結果等情況，如「美行跑了四個小時」中，「四個小時」便是補語。	馬已死，買其骨五百金，反以報君。《戰國策·燕策》	「五百金」是補語，意思是「馬死去，（臣）仍以五百金買下千里馬的骨頭，然後回國向君主報告」。

相信同學們大致上已掌握句子成分的概念了。那麼，句子成分如何有助我們理解文言文？

一般而言，**我們可從文言字詞於句子的所在位置辨別它們所屬的句子成分，然後從它們的所屬句子成分區分其詞性（如名詞、動詞、形容詞等），最後得出詞義**，這是最基本的處理技巧（文言文也有既定的突變情況，如詞類活用、語序倒置等，這將於稍後的章節為同學們講解）：

古字 ⇨ 所在位置 ⇨ 句子成分 ⇨ 詞性 ⇨ 詞義

那麼，文言文的 6 個句子成分一般會出現於單句的哪個位置？同學們可參考下圖：

（定語）   ‖〔狀語〕謂語 （定語）賓語
    主語
〔狀語〕   ｜   〈補語〉

句子成分		詞性
主語	句首	名詞、代詞等
謂語	緊隨主語、置於賓語前、置於句首（若沒有主語）、置於句末（若沒有賓語）	動詞、形容詞、名詞等
賓語	緊隨謂語或句末	名詞等
定語	置於主語或賓語前	形容詞、名詞、數詞等
狀語	置於主語前或後，置於謂語前	形容詞、副詞、介賓短語等
補語	置於謂語後	形容詞、動詞、副詞、數量詞、介賓短語等

如上表所説，我們可憑字詞的所在位置判別文言句子成分，如處於句首的常作主語，在句末的常為謂語或賓語，狀語多置於謂語前等。同樣再以《論語・學而》的「吾日三省吾身」作例，拆解步驟如下：

文言字詞	吾	日	三	省	吾	身

位置	句首			置於賓語前		句末
句子成分	主語			謂語		賓語
詞性	名詞			動詞		名詞

位置		置於謂語前	置於謂語前		置於賓語前	
句子成分		狀語	狀語		定語	
詞性		副詞	副詞		形容詞	

看畢上述的圖表及示例，同學們可發現句子中主幹成分（主語、謂語和賓語）及附加成分（定語、狀語及補語）的關係？

沒錯了！那就是附加成分多依附在主幹成分上。因此，為了讓同學們更迅速、有效地解讀文言文，本文建議先找出文言句子的主幹成分，即主語、謂語、賓語，然後才找文言句子的附加成分，即定語、狀語及補語。

事實上，掌握句子成分對我們解讀文言文有莫大的幫助，於稍後章節也須運用上述句子成分的技巧，同學不妨先把句子成分的概念弄個明白，由淺入深，屆時你會發現文言文也不是甚麼「洪水猛獸」吧！

試指出下列各句中帶「‧」詞語的句子成分，把代表正確答案的英文字母填在空格內。

1. 好勇**疾貧**，亂也。（《論語‧泰伯》）

    A 定語   B 謂語

    C 賓語   D 狀語

2. 師還，**館於虞**，遂襲虞，滅之。（《左傳‧宮之奇諫假道》）

    A 賓語   B 主語

    C 補語   D 謂語

3. 趙王信秦之**間**。（司馬遷《史記‧廉頗藺相如列傳》）

    A 謂語   B 賓語

    C 狀語   D 主語

4. **犧牲**玉帛，弗敢加也。（《左傳‧曹劌論戰》）

    A 主語   B 賓語

    C 謂語   D 定語

5. 有狼當道，**人**立而啼。（馬中錫《中山狼傳》）

    A 補語   B 定語

    C 主語   D 狀語

練習 2

　　試分辨下列文句的句子成分，把正確答案填在空格內。

1. 康肅忿然曰：「爾安敢輕吾射！」（歐陽修《賣油翁》）

文言字詞	爾	安	輕	吾	射
句子成分					

2. 於是廢先王之道，焚百家之言，以愚黔首。（賈誼《過秦論》）

文言字詞	焚	百家	言	愚	黔首
句子成分					

閱讀引文，回答下列問題：

信得不死

（韓信）數以策干項羽，羽不用。漢王之入蜀，信亡楚歸漢，未得知名，為連敖。坐法當斬，其輩十三人皆已斬，次至信，信乃仰視，適見滕公，曰：「上不欲就天下乎？何為斬壯士！」滕公奇其言，壯其貌，釋而不斬。與語，大說之。

司馬遷《史記・淮陰侯列傳》

註：
1) 干：請求。
2) 連敖：官名，主接待賓客。
3) 坐法：因犯法獲罪。
4) 上：皇上，這裏指尚未完成統一霸業的漢王劉邦。

1. 試在下列方格填寫正確答案。

　　信亡楚歸漢。

文言字詞	信	亡	楚	歸	漢
位置		例：句末（補充：屬連動詞組或連謂詞組）*			
句子成分					
詞性					
詞義	例：韓信				

＊連謂／連動詞組指兩個或以上的動詞或動詞性片語連用，當中沒有明顯的停頓或關聯詞語，也不涉及主謂、動賓等關係，如「開車上班」、「出國考察」等。

2. 試於下列方格上填寫正確的答案。

滕公奇其言，壯其貌，釋而不斬。

文言字詞	句子成分	詞性	詞義
奇			
壯			
釋			

　　當同學們掌握了句子成分的概念（包括其定義、位置及特質等）後，便可更容易解讀包含詞類活用的句子。事實上，古人喜歡在寫作時於名詞、動詞、形容詞、數詞間相互活用，但對現今的人來說，古人的詞類活用不太符合現今的語言習慣，因此造成文意理解上的困難。

雖然如此，同學們可以通過辨別句中的各個句子成分及其所屬詞性，於語法的角度推敲文言生字的實際詞義（另有於語境角度下推敲文言詞義的方法，將於此書的〈實詞篇〉中詳述）。現在，不妨讓我們看看以下簡單的例子：

將軍身被（通假字，即「披」）堅執銳，伐無道，誅暴秦。

司馬遷《史記‧陳涉世家》

文言字詞	被（披）	堅	執	銳
位置	句末（屬連動詞組或連謂詞組）			
句子成分	謂語	賓語	謂語	賓語
詞性	動詞	形容詞 活用為名詞	動詞	形容詞 活用為名詞
詞義	披上	堅固的鎧甲	手執	尖銳的武器

根據上述引文，我們已知道了「將軍」是句子的主語，而「披」和「執」又緊接着主語，為謂語，充當動詞用，故可從現代漢語的角度理解其意思。

至於「堅」和「銳」，不太可能直譯為形容詞「堅硬的」和「銳利的」，原因是謂語充當動詞的時候常緊接名詞；至此，同學們便可推敲出這裏的「堅」和「銳」是詞類活用的文言現象。我們再配合句中反映行軍打仗的語境，從名詞的角度思考「堅」和「銳」在這句子的實際意思，便可得知它們分別可解作「堅固的鎧甲」和「尖銳的武器」。

事實上，詞類活用的現象在文言文的世界裏具規律，有跡可尋。關於詞類活用的完整分類及其他有關詞類的特殊用法，將於〈實詞篇〉為同學們作詳細講解。無論如何，充分認識句子成分永遠是拆解文言文的重要一步。

練習 4

　　試找出下列各句中帶「‧」詞語的句子成分及詞性，並填寫適當的詞義。

1. 秦**使**王翦攻趙，趙使李牧、司馬尚禦之。（《戰國策‧趙策》）

　　句子成分：＿＿＿＿＿＿＿＿＿＿＿＿＿＿＿＿＿＿＿＿

　　詞性：＿＿＿＿＿＿＿＿＿＿＿＿＿＿＿＿＿＿＿＿＿＿＿

　　詞義：＿＿＿＿＿＿＿＿＿＿＿＿＿＿＿＿＿＿＿＿＿＿＿

2. 鄙夫寡**識**。（張衡《東京賦》）

　　句子成分：＿＿＿＿＿＿＿＿＿＿＿＿＿＿＿＿＿＿＿＿

　　詞性：＿＿＿＿＿＿＿＿＿＿＿＿＿＿＿＿＿＿＿＿＿＿＿

　　詞義：＿＿＿＿＿＿＿＿＿＿＿＿＿＿＿＿＿＿＿＿＿＿＿

詞組結構

課堂上有同學曾問：「有甚麼方法能更有效地讓我們根據文言字詞於句子的位置，準確地説出它們的句子成分、詞性和詞義？」

其中一個方法就是認識文言文的 6 種主要詞組結構。

甚麼是「詞組結構」？總的來説，「詞組結構」是由 2 個句子成分組合而成的短語，又「詞組結構」配搭句調已可組成一句簡單的文言句子。事實上，「詞組結構」體現了古人的寫作習慣和用字規律，同學們如能掌握詞組結構的主要種類，基本上已達到解讀文言文的中級水平了！

現在，讓我向同學們介紹文言文的 6 種主要詞組結構吧！

一、主謂結構

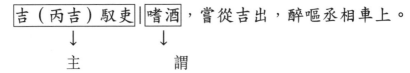

吉（丙吉）馭吏｜嗜酒｜，嘗從吉出，醉嘔丞相車上。

     ↓   ↓

     主   謂

班固《漢書・丙吉傳》

文言字詞	吉馭吏	嗜酒	
位置	句首	句末	
句子成分	主語	謂語	
詞性	名詞	動詞	名詞
詞義	丙吉的車夫	喜歡	喝酒

二、動賓結構

《左傳‧桓公六年》

文言字詞	帥	師	救	齊
位置	句末（補充：屬連動詞組或連謂詞組，含 2 組動賓結構）*			
句子成分	謂語	賓語	謂語	賓語
詞性	動詞	名詞	動詞	名詞
詞義	率領	軍隊	救援	齊國

＊ 連謂／連動詞組指兩個或以上的動詞或動詞性片語連用，當中沒有明顯的停頓或關聯詞語，也不涉及主謂、動賓等關係，如：「開車上班」、「出國考察」等。

三、連謂結構

莊周家貧，故往‖貸粟於監河侯。

謂　謂

《莊子‧外物》

文言字詞	往	貸粟	
位置	句首（狀語後置）		
句子成分	謂語	謂語	賓語
詞性	動詞	動詞	名詞
詞義	前往	借	糧食

四、定中結構

卒定 變法之 ‖ 令 。

       ↓   ↓

      定   中

《史記・商君列傳》

文言字詞	變法（之）	令
位置	置於賓語之前	句末
句子成分	定語	賓語（或中心語）
詞性	形容詞	名詞
詞義	變法的	律令

五、狀中結構

子犯 以璧 ‖ 授公子 （重耳）。

   ↓   ↓

   狀   中（動詞）

《左傳・僖公二十四年》

文言字詞	以璧	授
位置	置於主語後和謂語前	置於賓語前
句子成分	狀語	謂語
詞性	介詞 + 名詞（介賓短語）	動詞
詞義	拿了一塊寶玉	獻給

六、中補結構

（時值饑荒）能自食者，為之告富人，無得閉糶；又為之出官粟，得五萬二千餘石，平其價 於民。

↓　　↓
中　　補

曾鞏《元豐類稿》

註：

1) 告：告誡。
2) 糶：音眺，出售糧食。
3) 出：取出。

文言字詞	平其價	於民
位置	置於句首	置於謂語後
句子成分	謂語（或中心語）	補語
詞性	動詞＋代詞＋名詞	介詞＋名詞（介賓短語）
詞義	平抑糧食的價格	為／給百姓

試指出下列各句中帶「‧」詞語的詞組結構，並把詞義填在空格內。

1. 君子**病無能**焉，不病人之不己知也。 《論語‧衛靈公》

文言詞組	「病無能」	文言字詞	病
詞組結構		詞義	

2. 鉞（歸鉞）數困，**匍匐道中**。 歸有光《歸氏二孝子傳》

註：

1）匍匐：音葡白，身體貼着地面爬行。

文言詞組	「匍匐道中」	文言字詞	道
詞組結構		詞義	

3. 是益其弊而**厚其疾**也。 《新唐書‧獨孤及傳》

文言詞組	「厚其疾」	文言字詞	厚
詞組結構		詞義	

文言語序

掌握句子成分及詞組結構的概念後，同學們已穩固地建立了文言解讀的基礎。然而，某些朝代的作者具獨特的寫作風格，行文方面也有特殊的規律。同學們要理解其文字，就要多學一個文言語法，那就是「文言語序」了。

甚麼是「文言語序」？那就是句子成分組合的先後次序。事實上，古今的漢語語序皆發展穩定，沒有翻天覆地的變化。常見的文言語序規律基本上已於「句子成分」及「詞組結構」部分詳述。

（定語）	‖〔狀語〕謂語	（定語）賓語
主語		
〔狀語〕	∣	〈補語〉

如上圖所示，古代漢語多以「主－謂－賓」這基本語序呈現，在一般情況下，我們常見附加成分在前，作修飾用；基本成分在後，充當中心語。同時，文言文也存在一些特殊的語序類別，盡體現於先秦文獻中。後來部分文人尚古，寫作也仿古，因此這種語序特殊的現象也會出現在歷代一些古文裏。有見及此，此書為同學們歸納出 4 種特殊的文言語序。掌握這 4 種特殊語序，將有助諸位更有效地解讀文言文呢！

一、謂語前置

　　為了向讀者更有效地**傳達謂語的訊息**或**加強謂語的語氣**（如感歎句、疑問句等），古人喜打破「主語在前，謂語在後」的句式結構，把謂語搬到主語前，提升句子的表達效果：

　　魯仲連曰：「吾將使秦王烹醢梁王。」新垣衍怏然不悅，曰：「嘻嘻，亦太甚矣先生之言也！先生又惡能使秦王烹醢梁王？」

司馬遷《史記‧魯仲連鄒陽列傳》

註：
1) 醢：音海，一種古代酷刑，將人剁成肉醬。
2) 惡：豈、怎麼。

文言語句	亦太甚矣	先生之言
語序	謂語	主語
句義	也太過分了	先生（魯仲連）你說的話

二、賓語前置

　　（兒童區寄）遽曰：「為兩郎僮，孰若為一郎僮耶？彼不我恩也，郎誠見完與恩，無所不可。」

柳宗元〈童區寄傳〉

註：
1) 遽：音具，驚懼、急忙。
2) 孰若：如何及得上。
3) 誠見完與恩：完，保全，意指「真的能不殺並好好對待我」。

文言字詞	彼	不	我	恩
語序	主語	狀語	賓語	謂語
詞義	他	不	我	好好對待

三、定語後置

（大蛇）或與人夢，或下諭巫祝，欲得啖童女年十二三者。都尉令長，並共患之。

《搜神記·李寄斬蛇》

註：
1）巫祝：祭祀占卜者。
2）啖：音淡（daam[6]），吃。

文言字詞	啖	童女	年十二三
語序	謂語	賓語	定語
詞義	吃	女孩	十二至十三歲的

四、狀語後置

梁惠王曰：「寡人願安承教。」孟子對曰：「殺人以梃與刃，有以異乎？」曰：「無以異也。」

《孟子·梁惠王上》

文言字詞	殺人	以梃與刃
語序	謂語	狀語
詞義	殺人	用棍棒和刀劍

練習 6

試分辨下列各句中帶「‧」詞語的文言語序，並把相關語譯填在橫線上。

1. 楚莊王之時，有所愛馬，**衣以文繡**，置之華屋之下，席以露床，啗以棗脯。

司馬遷《史記‧滑稽列傳》

註：
1) 啗：同啖，吃或是給別人或動物吃。

　　文言語序：＿＿＿＿＿＿＿＿＿＿　語譯：＿＿＿＿＿＿＿＿＿＿

2. 古之人不**余欺**也。

蘇軾《石鐘山記》

　　文言語序：＿＿＿＿＿＿＿＿＿＿　語譯：＿＿＿＿＿＿＿＿＿＿

3. 明有奇巧人曰王叔遠，能以徑寸之木為宮室，嘗貽余**核舟一**，蓋大蘇泛赤壁雲。

魏學洢《核舟記》

註：
1) 貽：贈送。

　　文言語序：＿＿＿＿＿＿＿＿＿＿　語譯：＿＿＿＿＿＿＿＿＿＿

4. **未休關西卒**。

杜甫《兵車行》

　　文言語序：＿＿＿＿＿＿＿＿＿＿　語譯：＿＿＿＿＿＿＿＿＿＿

文言省略

　　古人行文簡潔，文言省略的現象屢見不鮮。有同學表示在理解古文時對這現象無所適從，不知道應在文章的甚麼位置填補甚麼字詞。事實上，「文言省略」現象屬於古人的一種語言習慣，故含定律，有跡可尋，同學們大可放心。現在我將為大家介紹文言省略的常見類別及相關的解讀方法，讓各位在理解文意時更得心應手。

句子成分省略類

1. 常見類型

　　就句子成分（詳閱第一章）而言，可見古人多會省略文章的基本成分，即句子的主語、謂語及賓語。現在就讓我們看看古人省略各種基本成分的例子：

1）主語省略

　　於現代社會的書寫習慣中，若一陳述對象須（人物或事物）重複出現在多個分句內，我們會運用代詞（他、她、牠、它（們）等）替代該項陳述對象，如「**健華和健明是兩兄弟，他們都熱愛運動**」。然而，古人對此多作省略，而且出現的次數遠遠超過現代漢語。例子見下：

　　趙惠文王十六年，廉頗為趙將，（廉頗）伐齊，（廉頗）大破之，（廉頗）取陽晉，（廉頗）拜為上卿，（廉頗）以勇氣聞於諸侯。

司馬遷《廉頗藺相如列傳》

2)謂語省略

在語境提供充分資訊的情況下，說話時我們會把謂語省略，如**「心美會游泳，但允行不會（游泳）」**。同樣，古人在說話或書寫時，也會把謂語（或謂語連同賓語）省略，例子如下：

齊曰：「必以長安君為質，兵乃出。」太后不肯（以長安君為質），大臣強諫。

《戰國策·趙策》

3)賓語省略

除了謂語外，在語境提供充分資訊的情況下，古人也會省略賓語，例子如下：

人皆有兄弟，我獨無（兄弟）。

《論語·顏淵》

2. 解讀方法

相信同學們對古人省略句子成分的各個種類已有基本的認識了。那麼，我們如何在文言句子中的適當位置填上省略掉的句子成分？有竅門嗎？當然有。現在我將為同學們講解以下兩種有效方法：

承前蒙後式

承前蒙後式有助我們解讀省略了句子成分的文句。而使用承前蒙後式的前提是掌握文言句子的基本結構，那就是「主謂結構」和「動賓結構」。

一般而言，「主謂結構」和「動賓結構」可謂古今說話或書寫時的「句骨」。然而，古人行文時卻多會省略。因此，當我們閱讀文言篇章時發現某些句子結構出現稍缺未全的情況，如：句子只有謂語或只有主語和賓語等現象，我們便可知道古人行文時省略了甚麼句子成分。再配合上文下理的資料提供，便可以知道應在省略的位置填上甚麼字詞了。現在讓我舉二例為同學們簡要說明：

景公遊於紀，得金壺，乃發視之，中有丹書，曰：「食魚無反，勿乘駑馬。」

《晏子春秋》

《晏子春秋》一例共 5 個分句。憑句子的基本「主謂結構」，我們可發現當中共 4 個分句省略掉主語。整合複句所提供的資料後，我們可羅列句子牽涉的對象，包括：「景公」、「金壺」和「丹書」。然後我們便能像填充一樣，把相關的陳述對象加插在適當的位置了：

景公遊於紀，（景公）得金壺，（景公）乃發視之（金壺），（金壺）中有丹書，（丹書）曰：「食魚無反，勿乘駑馬。」

《晏子春秋》

而上例所省略的主語，我們可通過上半分句「景公遊於紀，得金壺」或前一個分句「中有丹書」的語境得到相關線索；因此，我們稱其為「**承前式省略**」，謂語及賓語的省略亦同理。

除了「**承前式**」外，我們還可使用「**蒙後式**」解決文言省略所遇到的問題。那就是與「**承前式**」相反，我們可憑着下半分句推敲出上半分句所省略了的主語、謂語或賓語，詳參下例：

韓魏自外，趙氏自內，擊智伯，大敗之。

墨子《非攻》

墨子《非攻》一例共 4 個分句。根據句子的基本「主謂結構」，上半分句只有主語「韓魏」、「趙氏」及狀語「自外」、「自內」，惟欠缺謂語。那麼，我們可先從複句的下半分句中獲取資料。得悉「擊智伯」是句子省略了的謂語後，我們便能像**填充**一樣，把相關資訊加插在適當的位置了：

韓魏自外（擊智伯），趙氏自內（擊智伯），擊智伯，大敗之。

墨子《非攻》

詞性省略類

1. 常見類別

介詞

　　談起文言詞性，古人常在中補結構（詳閱〈語法篇〉詞組結構）內把介詞除掉，如「以」、「於」、「自」等，使分句變成「動詞＋名詞」或「動詞＋名詞（或代詞）＋名詞」的結構。同學們不妨看看以下示例：

死馬且買之（以）五百金，況生馬乎？

《戰國策・燕策》

文言字詞	買	之	（以）五百金
句子成分	中心語（謂語＋賓語）		補語
詞性	動詞	代詞	（介詞）名詞
語譯	購買	死馬	（用）五百金

　　越人飾美女八人，納之（於）太宰嚭，曰：「子苟赦越國之罪，又有美於此者將進之。」

《國語・越語》

文言字詞	納	之	（於）太宰嚭
句子成分	中心語（謂語＋賓語）		補語
詞性	動詞	代詞	（介詞）名詞
語譯	送	八個美女	（給）吳國的太宰

2. 解讀方法

要在文句中補上省略了相關詞性的詞語，我們可從兩方面着手：一是「詞組結構」；二是「文言語序」。承上，若同學們看見分句出現「**動詞＋名詞**」或「**動詞＋名詞（或代詞）＋名詞**」的句子結構，但是解讀起來又不太通暢時，那可能同學們就是遇上了「中補結構」及「狀語後置」的情況了。而介詞的省略多出現於此。

這時候，同學們不妨補上介詞如「以」或「於」，把文句中的動詞和名詞連接起來。事實上，省略了介詞的文句於內容上均離不開「給誰甚麼」、「利用甚麼達到目的」、「在哪裏幹甚麼」等，故不難捉摸，詳見下例：

項王曰：「賜之（以）彘肩。」

司馬遷《史記・項羽本紀》

冬十二月，襄公遊（於）姑棼，遂獵（於）山丘。

司馬遷《史記・齊太公世家》

事實上，古人行文時也會省略動詞、名詞等詞性的文字。為免冗贅，此書已將名詞和動詞的省略分別納入上節的「句子成分省略類」的講解和練習中，冀能幫助同學更容易掌握文言省略的現象。

練習 7

試於括號內為下列文句填補省略了的詞語。

1. 永州之野產異蛇，（   ）黑質而白章；
（   ）觸草木，（   ）盡死；
（   ）以齧人，無禦之者。

柳宗元《捕蛇者説》

2. 願為（   ）市鞍馬，從此替爺征。

《木蘭辭》

3. 子路從而後，（   ）遇丈人，（   ）
以杖荷蓧。

《論語·微子》

註：
1) 丈人：對老人的敬稱。
2) 荷：挑着。
3) 蓧：除草的農具，以竹或草本的枝條編成。

文化要素　家國篇

文化要素：家國

品德	閱讀	思考
認識廉潔的觀念	文言知識：判斷句	為官應有的節操

練習一《蝜蝂傳》

作者簡介

　　柳宗元，字子厚，為唐代著名文學家、思想家，是唐宋古文八大家之一。唐順宗永貞年間，柳宗元參與以王叔文為首的「永貞革新」，但永貞革新的措施觸犯了藩鎮及宦官集團的既得利益，開罪了朝中大臣及宦官。其後，順宗病重，宦官俱文珍擁立憲宗為帝，憲宗隨即打擊王叔文集團勢力，柳宗元被貶至永州司馬（為地方刺史的佐官，並無實權），「永貞革新」也宣告失敗，歷時僅一百八十多天。

寫作背景

　　《蝜蝂傳》創作於柳宗元被貶到永州的十餘年間，當時他的生活極其困苦，唐代政治狀況亦十分黑暗，不但有「牛李黨爭」，更有藩鎮割據等問題。唐代中後期，宦官的勢力龐大，不少朝中大臣及藩鎮都依附在宦官勢力中，貪贓枉法、排除異己的情況橫生，令朝政更為腐敗。

閱讀指引

　　本文是一篇寓言，是中國文學作品的其中一種體裁。寓言多藉簡短的故事來寄寓思想或教訓，以小見大，用來達到勸喻或諷刺目的。中國古代的寓言多用作諷刺官場腐敗或社會的不公。

　　本文的「蝜蝂」是一種小昆蟲，它有貪婪的本性。同學作答時需留意作者如何利用這種小蟲的特性去諷刺當時的官員，及思考為官的重要節操。

　　蝜蝂[1]者，善負小蟲也。行遇物，輒持取，卬[2]其首負之。背愈重，雖困劇不止也。其背甚澀[3]，物積因不散，卒躓仆不能起。人或憐之，為去其負。苟能行，又持取如故。又好上高，極其力不已，至墜地死。

　　今世之嗜取者，遇貨[4]不避，以厚其室，不知為己累也，唯恐其不積。及其怠而躓也，黜棄[5]之，遷徙之，亦以病矣。苟能起，又不艾。日思高其位，大其祿，而貪取滋甚，以近於危墜，觀前之死亡，不知戒。雖其形魁然大者也，其名人[6]也，而智則小蟲也。亦足哀夫！

注釋：
1. 蝜蝂：《爾雅》記載的一種黑色小蟲，背部可盛載物件。
2. 卬：通「仰」，抬頭。
3. 澀：不平滑。
4. 貨：指財物。
5. 黜棄：罷官。
6. 名人：被稱為人。

文言知識連線 ···

文言句式——判斷句

　　文言文中判斷句即是對主語進行判斷的句子，用來表示主語「是甚麼」。

　　常見的判斷句式如下：

---

1. 「……者，……也。」

　　「師者，所以傳道受業解惑也。」

　　　　　　　　　　　　　　　　　　　　　　　韓愈《師說》

　　老師就是傳授人生的道理、講授專業知識、解答疑難問題的人。

---

2. 「……，……也。」

　　「我，子瑜友也。」

　　　　　　　　　　　　　　　　　　　　　《赤壁之戰》司馬光

　　我是子瑜的朋友。

---

3. 「……者，……。」

　　「柳敬亭者，揚之泰州人。」

　　　　　　　　　　　　　　　　　　　　黃宗羲《柳敬亭傳》

　　柳敬亭是揚州府的泰州人。

4.「……者也。」

「即今之�然在墓者也。」

張溥《五人墓碑記》

就是現在一起埋葬在墓中的這五個人。

5. 無標誌判斷句

「劉備天下梟雄。」

《赤壁之戰》司馬光

劉備是天下間的梟雄。

一、請解釋句中標有▲號的字詞解釋。（10分，2分@）

（閱讀認知層次：理解）

1. 輒持取 _____
　　▲

2. 苟能行 _____
　　▲

3. 遷徙之 _____
　　▲ ▲

4. 又不艾 _____
　　　▲

5. 而貪取滋甚 _____
　　　　▲

二、請語譯以下句子。（6分，3分@）

（閱讀認知層次：理解）

1. 蝜蝂者，善負小蟲也。

_____

2. 日思高其位，大其祿。

_____

三、請判斷以下對本文內容的陳述，然後用筆塗滿與答案相應的圓圈；只可選一個答案，多選者不給分。（3分）

（閱讀認知層次：理解）

「雖其形魁然大者也，其名人[6]也，而智則小蟲也。」一句指出：

	正確	部分正確	錯誤	無從判斷
這些人雖然外形龐大；但是智慧比小蟲更低。	◯	◯	◯	◯

四、請把合適的內容填在空格內。切勿抄錄原文。(15分)

（閱讀認知層次：理解＋分析）

蝜蝂與嗜取者有何相同之處？

	蝜蝂	嗜取者
貪得無厭	---------- ---------- ---------- （2分）	---------- ---------- ---------- （2分）

	蜷蚓	嗜取者
---------------- ---------------- ---------------- （2分）	---------------------- ---------------------- ---------------------- （2分）	天天想着如何提高自己的地位。
---------------- ---------------- ---------------- （2分）	---------------------- ---------------------- ---------------------- （2分）	---------------------- ---------------------- ---------------------- （5分）

五、請以完整句子回答以下問題。（7分）

1. 本文運用寓言故事說理，這手法有何好處？（2分）

（閱讀認知層次：分析）

_____

_____

_____

_____

2. 承上題，本文如何運用寓言故事去批判官場的腐敗？（5分）

（閱讀認知層次：分析）

_____

_____

_____

_____

_____

請閱讀以下引文，並回答相關問題。

> 　　永之氓[1]咸善游。一日，水暴甚，有五六氓，乘小船絕
> 湘水。中濟，船破，皆游。其一氓盡力而不能尋常。其侶曰：
> 「汝善游最也，今何後為？」曰：「吾腰千錢，重，是以後。」
> 曰：「何不去之！」不應，搖其首。有頃[2]益怠。已濟者立
> 岸上，呼且號曰：「汝愚之甚，蔽之甚，身且死，何以貨為？」
> 又搖其首。遂溺死。
>
> 柳宗元《哀溺文序（節錄）》
>
> **注釋：**
> 1. 氓：同「民」，即老百姓。
> 2. 有頃：不一會兒。

六、請解釋句中標有▲號的字詞解釋。（4分，2分@）

（閱讀認知層次：理解）

1. 永之氓咸善游。　_____
　　　　　▲

2. 有頃益怠　_____
　　　　▲

七、請以完整句子回答以下問題。（10分）

1. 本文想藉溺死者帶出甚麼道理？（4分）

（閱讀認知層次：分析）

_____

_____

_____

2. 上述引文中的溺死者水與《蝜蝂傳》中的官員有何異同之處？
   （6分）
   （閱讀認知層次：分析）

_____

_____

_____

_____

_____

3. 你認為當官的人要堅持甚麼做事、做人的準則？為甚麼？
   （1+2分）
   （閱讀認知層次：評鑑）

_____

_____

_____

_____

_____

總分 ／58

文化要素：家國

品德	閱讀	思考
認識愛國情懷	文言知識：通假	為官應有的節操

練習二《曹劌論戰》

經典簡介

本文選自《左傳》。《左傳》是中國古代最早一部敘事詳盡的編年體史書，共三十五卷。所謂編年體，即是以歷史事件發生的時間為順序去編寫歷史書的方法。《左傳》是儒家《十三經》之一，在《十三經》之中篇幅最長。《左傳》既是一部戰略名著，又是一部史學名著。相傳是春秋末期魯國史官左丘明所著，惟至今未有定論。

《左傳》全稱《春秋左氏傳》，原名《左氏春秋》，漢朝時又名《春秋左氏》、《春秋內傳》和《左氏》。漢朝以後才多稱《左傳》，是為《春秋》做註解的一部史書，與《公羊傳》、《穀梁傳》合稱「春秋三傳」。

寫作背景

春秋年間，周莊王十四年（公元前 684 年），齊國攻打魯國。事緣在周莊王十三年，齊魯兩國於乾時（齊魯兩國交界）開戰，最終齊國獲勝，齊國於是乘勝追擊，入侵魯國。

本文旨在寫魯國平民曹劌對國家的赤誠。他雖為一介平民，但心繫國家大事，可見其愛國之心。同學作答時需留意本文如何從正面及側面描寫他的軍事、政治才能，及在戰爭中獲勝的關鍵要素。

十年春，齊師伐我[1]。公將戰。曹劌[2]請見。其鄉人曰：「肉食者謀之，又何間焉？」劌曰：「肉食者[3]鄙，未能遠謀。」乃入見。問：「何以戰？」公曰：「衣食所安，弗敢專也，必以分人。」對曰：「小惠未徧，民弗從也。」公曰：「犧牲[4]玉帛，弗敢加也，必以信。」對曰：「小信未孚，神弗福也。」公曰：「小大之獄，雖不能察，必以情。」對曰：「忠之屬也。可以一戰。戰則請從。」

公與之乘。戰於長勺。公將鼓之。劌曰：「未可。」齊人三鼓。劌曰：「可矣。」齊師敗績。公將馳之。劌曰：「未可。」下視其轍[5]，登軾[6]而望之，曰：「可矣。」遂逐齊師。

既克，公問其故。對曰：「夫戰，勇氣也。一鼓作氣，再而衰，三而竭。彼竭我盈，故克之，夫大國，難測也，懼有伏焉。吾視其轍亂，望其旗靡，故逐之。」

注釋：
1. 齊師伐我：此處的「我」指我們魯國。
2. 曹劌：生卒不詳，春秋時期魯國人，為周文王第六子之後，有出色的軍事才能。
3. 肉食者：吃肉的人，引伸為有權位的人，即當時的諸侯和大夫。
4. 犧牲：古時因祭祀而宰殺成為祭品的牲畜，如牛、羊、豬等。
5. 轍：車輪碾過所留下的痕跡。
6. 軾：古代車前面用作扶手的橫木。

文言知識連線 ··

文言用字——通假

通假字即用讀音相同或者相近的字代替本字。

甚矣，汝之不惠！

《愚公移山》

甚矣，汝之不慧！

《愚公移山》

此例子中，「惠」的本字為慧，即是智慧的意思，因此全句解作「你太不聰明了！」

建議同學可先為該字配詞，在為該字配詞後，仍未有合適的意思的話，就可推敲出此字是否是通假字。

一、請解釋句中標有▲號的字詞解釋。（10分，2分@）

（閱讀認知層次：理解）

1. 肉食者謀之，又何間焉？ _____
   ▲

2. 肉食者鄙 _____
   ▲

3. 小惠未徧 _____
   ▲

4. 遂逐齊師。 _____
   ▲

5. 既克，公問其故。 ▲ _____

二、請語譯以下句子。（6分，3分@）

（閱讀認知層次：理解）

1. 小大之獄，雖不能察，必以情。

_____

2. 一鼓作氣，再而衰，三而竭。

_____

三、請判斷以下對本文內容的陳述，然後用筆塗滿與答案相應的圓
　　圈；只可選一個答案，多選者不給分。（3分）

（閱讀認知層次：理解）

曹劌認為：「小大之獄，雖不能察，必以情。」

　　　　　　　　　　　　　　　正確　　部分正確　　錯誤　　無從判斷

是可以與齊國一戰的條件；　　　○　　　　○　　　　○　　　　○
是最終獲勝的重要因素。

四、請選擇最合適的答案。（4分，2分@）

1. 魯國軍隊獲勝的原因是甚麼？

（閱讀認知層次：分析）

　　I. 百姓支持
　　II. 禮賢下士
　　III. 齊軍力弱
　　IV. 戰略運用得宜

A. I、II 及 III
B. I、II 及 IV
C. II、III 及 IV
D. 以上皆是

	A	B	C	D
	○	○	○	○

2. 以下哪個是曹劌的個性特點？
（閱讀認知層次：分析）

I. 富愛國心
II. 謹慎
III. 深諳軍事之道
IV. 熟悉政治

A. I、III 及 IV
B. I、II 及 IV
C. II、III 及 IV
D. 以上皆是

	A	B	C	D
	○	○	○	○

五、請把合適的內容填在空格內。切勿抄錄原文。（15 分）

（閱讀認知層次：理解）

1. 面對齊國的入侵，魯莊公、魯國高官和魯國一般老百姓的表現如何呢？（6 分）

魯莊公	_____ _____ _____ （2分）
高官	_____ _____ _____ （2分）

老百姓	------------------------------ ------------------------------ ------------------------------ （2分）

2. 魯莊公認為可以憑甚麼條件與齊國一戰？曹劌對此的看法是怎樣呢？（9分）

（閱讀認知層次：理解）

魯莊公可以一戰的條件	曹劌對此的看法
------------------------------ ------------------------------ （1分）	------------------------------ ------------------------------ （2分）
------------------------------ ------------------------------ （1分）	------------------------------ ------------------------------ （2分）
------------------------------ ------------------------------ （1分）	------------------------------ ------------------------------ （2分）

六、請以完整句子回答以下問題。切勿抄錄原文。（16分）

1. 作者在文中記述鄉人與曹劌的對話有甚麼作用？（4分）

（閱讀認知層次：分析）

_____

_____

_____

_____

_____

2. 文章如何運用魯莊公去襯托曹劌的軍事及政治才能？（3+2分）
   （閱讀認知層次：分析）

   _____

   _____

   _____

   _____

   _____

3. 魯莊公是個怎樣的君主？（2+2分）
   （閱讀認知層次：分析）

   _____

   _____

   _____

   _____

   _____

4. 如果你是曹劌，你會怎樣勸告其他人民一同為國效力？（3分）
   （閱讀認知層次：創新）

   _____

   _____

   _____

   _____

   _____

請閱讀以下引文，並回答相關問題。

> 　　嗟夫！予嘗求古仁人之心，或異二者之為。何哉？不以物喜，不以己悲。居廟堂之高，則憂其民；處江湖之遠，則憂其君。是進亦憂，退亦憂，然則何時而樂耶？其必曰：「先天下之憂而憂，後天下之樂而樂」歟！噫！微斯人，吾誰與歸！
>
> 　　　　　　　　　　　　　　范仲淹《岳陽樓記（節錄）》

七、請以完整句子回答以下問題。（9分）

1. 引文反映了范仲淹的甚麼治國理念？（1+1 分）
   （閱讀認知層次：分析）

   _____

   _____

   _____

2. 范仲淹為國家的大臣，曹劌則是一介平民，他們對國家有甚麼相同之感情？試解釋。（1+4 分）
   （閱讀認知層次：分析）

   _____

   _____

   _____

   _____

總分 ＿＿／61

文化要素：家國

品德	閱讀	思考
認識忠君的觀念	語文知識：①鞏固比喻論證法、類比論證法②認識演繹論證法 文言知識：詞類活用	為官的節操

練習三《公孫弘詐而不實》

經典簡介

《資治通鑑》是北宋司馬光所主編的一本長篇編年體史書，編年體是以歷史事件發生的時間為順序，以編撰和記述歷史的一種方式。

《資治通鑑》共 294 卷，約三百萬字。記載的歷史由周威烈王二十三年（西元前 403 年）三家分晉寫起，一直到五代的後周世宗顯德六年（西元 959 年）徵淮南，橫跨十六個朝代，在中國史書中有重要的地位。

作者簡介

司馬光（1019 年 11 月 17 日 -1086 年 10 月 11 日），字君實，號迂叟。陝州夏縣（今山西夏縣）涑水鄉人，世稱涑水先生。他是北宋政治家、史學家和文學家。

宋仁宗寶元元年（1038 年），司馬光登進士第，後任龍圖閣直學士。宋神宗時，因反對王安石變法而離開朝廷。他編寫了中國歷史上一部尤其重要的編年體通史《資治通鑑》。

　　本文記錄了公孫弘與汲黯兩位大臣的事跡，同學可思考那一位做事方式更符合「忠」，能對君主直諫，扶助國君。同時，亦思考為人君的應有態度。

　　　　弘[1]奏事，有不可，不廷辨。常與汲黯[2]請間[3]，黯先發之，弘推其後，天子常說，所言皆聽，以此日益親貴。弘嘗與公卿約議，至上前，皆倍其約以順上旨。汲黯廷詰弘曰：「齊人[4]多詐而無情實。始與臣等建此議，今皆倍之，不忠！」上問弘。弘謝曰：「夫知臣者，以臣為忠；不知臣者，以臣為不忠。」上然弘言。左右幸臣每毀弘，上益厚遇之。

注釋：

1. 弘：公孫弘（前 200 - 前 121），西漢齊（今山東省）人。年逾六十方得武帝賞識，七十六歲時，他更被任命為丞相，封平津侯。
2. 汲黯：汲黯（不詳 - 前 112 年），濮陽（今河南濮陽）人。漢武帝時，出京做官任太守，有政績而被召為主爵都尉，列於九卿。他常對武帝直諫，為人正直。
3. 請間：求見皇上。
4. 齊人：即公孫弘。

文言知識連線 ··

詞類活用

　　詞類活用是指某些實詞在特定的語境中，會改變其用法和含義，當成另一類詞使用。

　　常見的活用情況如下：

---

1. 名詞作動詞

　　「但微頷之」

《賣油翁》

　　「頷」解作「頭部」，此處意思為「點頭」。

---

2. 名詞作狀語

　　「一夫夜呼」

《伶官傳序》

　　「夜」指「晚上」，此處意思為「在晚上」。》

---

3. 動詞作名詞

　　「蓋其又深，則其至又加少矣」

《遊褒禪山記》

　　「至」解作「到來」，此處意思為「到來的人」。

4. 形容詞作名詞

「是故聖益聖，愚益愚」

《師說》

「聖」解作「聖賢的」，「愚」解作「愚蠢的」，此處意思為「聖賢的人」和「愚蠢的人」。

5. 形容詞作動詞

「而恥學於師」

《師說》

「恥」解作「恥辱的」，此處意思為「以跟老師學習為恥」。

一、請解釋句中標有▲號的字詞解釋。（10分，2分@）

（閱讀認知層次：理解）

1. 不<u>廷</u>辯 _____

2. 天子常<u>說</u> _____

3. 皆<u>倍</u>其約以順上旨 _____

4. 上然<u>弘</u>言 _____

5. 左右<u>幸</u>臣每毀弘 _____

二、請語譯以下句子。（3分）

（閱讀認知層次：理解）

1. 齊人多詐而無情實。

_____

_____

三、請判斷以下對本文內容的陳述，然後用筆塗滿與答案相應的圓圈；只可選一個答案，多選者不給分。（3分）

（閱讀認知層次：理解）

「常與汲黯請間，黯先發之，弘推其後，天子常說，所言皆聽，以此日益親貴。」指出：

	正確	部分正確	錯誤	無從判斷
公孫弘會補充汲黯提出的問題；公孫弘的諫言常令武帝大悅。	○	○	○	○

四、請以完整句子回答以下問題。（8分）

1. 汲黯為甚麼批評公孫弘不忠？（2分）

（閱讀認知層次：理解）

_____

_____

_____

_____

2. 從漢武帝厚待公孫弘的舉動來看，可得知漢武帝是個怎樣的君主？請說明。（1+2分）

（閱讀認知層次：分析）

_____

_____

_____

3. 假如你是漢武帝，你會重用公孫弘還是汲黯？（3分）

（閱讀認知層次：創新）

_____

_____

_____

請閱讀以下引文，並回答相關問題。

（唐太宗）上問魏徵曰：「人主何為而明，何為而暗？」對曰：「兼聽則明，偏信則暗。昔堯清問下民，故有苗之惡得以上聞。明四目，達四聰，故共、鯀、驩兜不能蔽也。秦二世偏信趙高，以成望夷之禍；梁武帝偏信朱異，以取台城之辱；隋煬帝偏信虞世基，以致彭城閣之變。是故人君兼聽廣幼人，則貴臣不得擁蔽，而下情得以上通也。」上曰：「善！」

司馬光《資治通鑑・唐紀》

五、請解釋句中標有▲號的字詞解釋。（2分）

（閱讀認知層次：理解）

1. 故共、鯀、驩兜不能蔽也 _____
　　　　　　▲

六、請以完整句子回答以下問題。（10分）

1. 魏徵認為君主要怎樣做才能做到「明」？（2分）

（閱讀認知層次：理解）

_____

_____

_____

2. 承上題，根據魏徵的看法，漢武帝是不是一個「明君」呢？（3分）

（閱讀認知層次：應用）

_____

_____

_____

3. 綜合兩段引文，公孫弘和魏徵的行為那個更符合「忠」呢？（1+4分）

（閱讀認知層次：分析）

_____

_____

_____

總分 ___ /36

賓詞篇

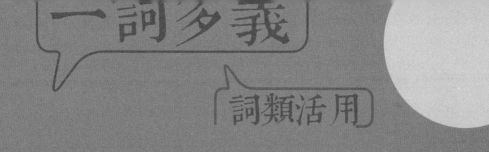

一詞多義

詞類活用

古今異義

通假字

一詞多義

　　日常生活中，我們不難察覺現代漢語正以雙音節詞的方向發展，即通過兩個字、兩個字的表達句意。相反，文言文是一套「壓縮」了的語言。古人憑單字即可組句行文，以最言簡意賅的方式傳意。可是，同一單字在不同的語境下會產生各種詞義，使讀者理解文意時倍感困難。有見及此，本文將為各位講解這個「一詞多義」的情況，然後教授大家相關的應對技巧。

　　文言文「一詞多義」的現象大體可劃分為兩個層次，分別是「本義」和「引申義」。「本義」即是該單字最原始的意思；「引申義」是指通過彼此相關的概念或特質從「本義」中發展出來的其他意思。以「險」字為例：

　　易則多其車，險則多用騎。（地勢崎嶇）

《孫臏兵法·八陣》

　　假廉而成貪，內險而外仁，馳此以奏除，故循滯而不振。（內心陰險）

阮籍《大人先生傳》

　　據《說文》記載，「險」的原義是「阻難」、「地勢崎嶇」；又險要之地多險惡，若論人心則引申之為「陰險」。

　　要解讀「一詞多義」這文言現象，我們必先認識古人的用字邏輯。「一詞多義」的類型大體有三，分別是「鏈條式」、「輻射式」和「綜合式」，古人的用字邏輯正正體現於「一詞多義」的三個類型中。

一、一詞多義的類型

1. 鏈條式

　　「鏈條式」的「一詞多義」是指某詞的詞義以單向、線性的方向發展，從原來的本義發展出甲引申義，然後從甲引申義發展出乙引申義，層層遞進，例見「日」字如下：

日（本義）⇨ 太陽 ⇨ 白天 ⇨ 一天 ⇨ 每天 ⇨ 光陰

2. 輻射式

　　「輻射式」的「一詞多義」是指某詞的本義是引申義的發展核心，即某詞不同的引申義會從其本義四方八面的發展出來，例見「節」字如下：

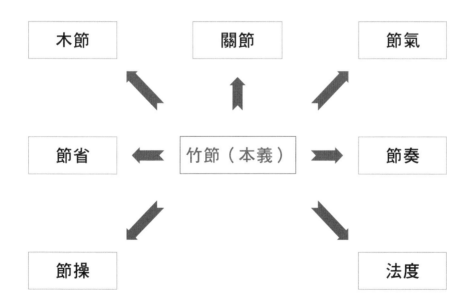

3. 綜合式

「綜合式」的「一詞多義」，顧名思義，即是由「鏈條式」及「輻射式」混合而成，例見「道」字如下：

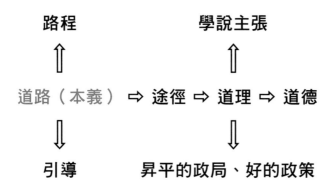

綜觀以上三種「一詞多義」的類型，我們可發現古人的用字邏輯：不論詞義是從具體事物引申至抽象概念、特定情況引申至一般現象或從實詞引申至虛詞，**古人皆會擷取本義的特徵發展出引申義。**也就是說，字詞的本義和引申義有密切聯繫。

以「鏈條式」的「一詞多義」引「日」字為例，「日」通過「時間」的概念從本義發展出各引申義；「輻射式」的「節」字方面，其本義以「規律」的概念發展出引申義；至於「綜合式」的「道」字，其引申義也離不開本義「方向」、「指引」、「秩序」、「約定俗成」等概念。由是觀之，古人慣於提煉字詞本義的特徵，從而引申出符合相關語境的其他詞義。同學要緊記古人這套用字邏輯，這邏輯對日後解讀「一詞多義」的文言現象有莫大裨益。

二、技巧

事實上，要熟練地解讀「一詞多義」的文言現象，同學難免要多讀文言篇章培養語感，也須記誦一定數量的多義詞。明白到有時候我們閱讀篇幅較長的古文，不大可能細閱文章，逐字翻查。有見

及此，本文將介紹兩種技巧，分別是「配搭法」和「意聯法」，冀能讓同學在拆解「一詞多義」的時候更得心應手。

1. 配搭法

古人習慣單字行文，然而單字往往多義。若我們要明確地指出該單字於某語境下的實際意思，可採用「配搭法」。此法的要領在於同學們把與該單字相關的詞語羅列出來，即語譯該單字，並把它擴充成雙音節詞，然後審視文章的語境，把與該語境相關的詞語挑選出來。示例見下：

欲訪先生，求濟世安民之術。

羅貫中《三國演義》

上例的「安」字，應用「配搭法」，於語譯該字並把它擴充成雙音節詞後，可產生下列詞語：

詞性	「安」的雙音節詞
形容詞	安全、安舒、安逸、安穩、安定、安心、安寧、安樂、安詳等
動詞	安置、安裝、安排、安撫、安養、安慰、安頓、安葬、安放、安眠、安插、安居、安息、安邦、安身、安家等
名詞	安危等
副詞	怎麼等

審視句子的語境，「安」字置於「民」前，故「安」充當動詞用，再配合上文下理的推斷，該句子與社會民生的題材有關，故「安」可譯作「安頓」、「使⋯⋯安定或安穩」等意思。

2. 意聯法

除了「配搭法」外，我們還可通過「意聯法」拆解「一詞多義」。承上文所言，古人會**擷取單字本義的特徵發展出引申義**，促成「一詞多義」的文言現象。同樣道理，我們也可利用古人這套用字邏輯以解讀多義詞，方法就是**先提煉單字詞義的性質或特性，然後根據該單字詞義的各項特徵拼湊出意思相關的詞語**，貼合文本。示例見下：

燭盡則光**窮**，人死則神滅。

李延壽《北史‧杜弼傳》

應用「意聯法」解讀上例的「窮」字，先提煉單字詞義的性質或特性，然後把詞義的概念特徵和不同語境聯繫起來，拼湊出相關的詞語後，可產生下列詞語：

文言單字	窮			
本義特徵	數量少、極致、末端			
語境	生活	道路	資源	光線
相關的雙音節詞	貧窮、潦倒	盡頭	用盡、枯竭	暗淡、熄滅

審視語境，該句子正談及「燭火」和「光源」，故「窮」可譯作「暗淡」甚或「熄滅」等意思。

練習 8

一、試運用配搭法，判斷帶「‧」詞語的詞性，並語譯出適當的詞義。

1. 河海不擇細流，故能**就**其深。

李斯《諫逐客書》

詞性：＿＿＿＿＿＿＿＿＿詞義：＿＿＿＿＿＿＿＿＿

2. 竭忠盡智以事其君，讒人**間**之，可謂窮矣。

司馬遷《史記‧屈原列傳》

詞性：＿＿＿＿＿＿＿＿＿詞義：＿＿＿＿＿＿＿＿＿

二、試運用意聯法，擷取帶「‧」單字本義的特徵，並把適當的詞義填在橫線上。

3. 舍人相與諫曰：「臣等不肖，請辭去。」藺相如**固**止之，曰：「公之視廉將軍孰與秦王？」

司馬遷《史記‧廉頗藺相如列傳》

本義特徵：＿＿＿＿＿＿＿＿＿詞義：＿＿＿＿＿＿＿＿＿

4. 伊尹**相**湯，以王于天下。

《孟子‧萬章上》

（相）本義特徵：＿＿＿＿＿＿＿詞義：＿＿＿＿＿＿＿＿

（王）本義特徵：＿＿＿＿＿＿＿詞義：＿＿＿＿＿＿＿＿

三、試解釋以下句子中帶「‧」的字，把適當的答案寫在橫線上。

5. 若夫慈愛、恭敬、安親、揚名，則聞命矣。

《孝經‧諫諍章》

　　詞義：＿＿＿＿＿＿＿＿＿＿＿＿＿＿＿＿＿＿＿＿＿＿＿＿

6. 天下之欲疾其君者，皆欲赴愬于王。

《孟子‧梁惠王上》

註：
1) 愬：音索（saak³），訴説。

　　詞義：＿＿＿＿＿＿＿＿＿＿＿＿＿＿＿＿＿＿＿＿＿＿＿＿

7. 予猶記周公之被逮，哭聲震動天地。緹騎按劍而前，問「誰為哀者？」眾不能堪，扶而撲之。

《孟子‧梁惠王上》

註：
1) 緹：橘紅色。
2) 騎：騎兵隊。
3) 扶：音斥，鞭打。

　　詞義：＿＿＿＿＿＿＿＿＿＿＿＿＿＿＿＿＿＿＿＿＿＿＿＿

8. 秦王貪狼暴虐，殘賊天下，窮困萬民，以適其欲也。

《漢書‧賈山傳》

　　詞義：＿＿＿＿＿＿＿＿＿＿＿＿＿＿＿＿＿＿＿＿＿＿＿＿

詞類活用

　　甚麼是詞類活用？詞類活用，是指實詞在某句中改變了常屬的詞性或句子成分，使該字臨時含有其他詞義。以《荀子‧勸學》中的「假舟楫者，非能水也」為例，「水」字常作名詞，但在這句中置於「能」後，臨時充當動詞，解作「游泳」。由是觀之，要充分理解「活用」了的文言字詞，不要單單被它的字面意思所局限，我們要依據字詞在句中的位置審察它所擔當的詞性或句子成分，從而更精確地判斷它的實際意思。

　　那麼有甚麼方法可破解詞類活用呢？同學們不妨先瞭解詞類活用的主要類型：

名詞活用類

主要活用類型	例子及活用詞義
名詞活用作動詞	左右欲**刀**相如，相如張目叱之，左右皆靡。（砍殺） 司馬遷《史記‧廉頗藺相如列傳》
名詞的使動用法	今乃棄黔首以資敵國，卻賓客以**業**諸侯，使天下之士退而不敢西向，裹足不入秦。（使諸侯達成霸業） 李斯《諫逐客書》
名詞的意動用法	其謂之「秦」何？**夷狄**之也。（認為秦是夷狄） 《公羊傳‧僖公三十三年》
名詞活用作狀語	天下雲集而響應，贏糧而**景**（通「影」）從。（如影子般追隨） 賈誼《過秦論》

動詞活用類

主要活用類型	例子及活用詞義
動詞活用作名詞	子釣而不網，弋不射宿。（回巢歇宿的雀鳥） 《論語．述而》
動詞的使動用法	善附民者，是乃善用兵者。（使百姓歸附） 荀子《議兵》
動詞的意動用法	凡人之有鬼也，必以其感忽之間、疑玄之時正之。此人之所以無有而有無之時也。（認為世上有鬼；把存在的事物看待成不存在；把不存在的看作存在） 《荀子．解蔽》
動詞的為動用法	廣陵太守陳登得病，胸中煩懣，面赤不食。佗脈之曰：「府君胃中有蟲數升，欲成內疽，食腥物所為也。」（為陳登把脈） 陳壽《三國志．方技傳》

形容詞活用類

主要活用類型	例子及活用詞義
形容詞活用作名詞	往古之時，四極廢，九州裂，猛獸食顓民，鷙鳥攫老弱。（年老虛弱的人） 《淮南子．覽冥訓》
形容詞活用作動詞	世之所高，莫若皇帝。黃帝尚不能全德，而戰涿鹿之野，流血百里。（推崇） 《莊子．盜跖》

主要活用類型	例子及活用詞義
形容詞的使動用法	諸侯恐懼，會盟而謀弱秦。（使秦變得弱小） 賈誼《過秦論》
形容詞的意動用法	時充國年七十餘，上老之。（皇帝認為趙充國太老） 《漢書·趙充國辛慶忌傳》

　　同學要解讀詞類活用的現象，必先對句子成分及詞性有充分的認識（有關句子成分及詞性的概念，同學們可詳閱〈語法篇〉。）承上，解讀詞類活用時，同學要先分辨該詞類活用了的字詞常屬的詞性。接着，通過詞組結構（詳閱〈語法篇〉）判斷該字詞當下所屬的**臨時**句子成分或詞性。然後，同學便可運用以下幾種方法找出文言字詞的實際意思：

1. 組詞法

　　「組詞法」的要領在於為詞類活用的文言字詞配搭成合適的詞組，此法尤常應用於名詞活用作動詞時的情況。例見《鴻門宴》：

　　沛公曰：「吾入關，秋毫不敢有所近，籍吏民，封府庫，而待將軍。所以遣將守關者，備他盜之出入與非常也。」

《鴻門宴》

　　根據詞類活用的解讀步驟，「籍」字慣作名詞用。此字在當下的詞組（或句子）結構「籍吏民」中發揮着謂語或動詞的功能。接着，我們審視《鴻門宴》的語境，沛公與項伯的對話談及軍事、官吏、平民等話題，因此，「籍」字在此充當名詞時應譯作「戶籍」（而非書籍）。

名詞　名詞

名詞　名詞

動詞　　名詞　名詞

動詞　名詞

為吏民登記

那麼，「籍」字從名詞轉換為動詞時應解作甚麼意思？這時候，我們便要運用「組詞法」，為詞類活用了的「籍」字配搭合適的動詞，組成「動賓結構」了。「戶籍」常配搭「登記」，故《鴻門宴》「籍吏民」中的「籍」字便是「登記」的意思，通句語譯起來，就是以下的意思：

劉邦（對項伯）說：「我進入關中，所有事物均不敢據為己有，為官吏、百姓登記，並封閉倉庫後，便等待將軍到來。我之所以派遣將領把關，全是為了防備其他盜賊進出關中，杜絕事故發生。」

練習 9

試運用組詞法，為帶「‧」字詞語譯適當的詞義。

1. 驢不勝怒，蹄之。虎因喜，計之曰：「技止此耳。」

柳宗元《黔之驢》

詞義：＿＿＿＿＿＿＿＿＿＿＿＿＿＿＿＿＿＿＿＿＿＿

2. 若闕地及泉，隧而相見，其誰曰不然？

《左傳‧隱公元年》

詞義：＿＿＿＿＿＿＿＿＿＿＿＿＿＿＿＿＿＿＿＿＿＿

3. 魏其侯竇嬰者，孝文后從兄子也。父世觀津人。喜賓客。

司馬遷《史記‧魏其武安侯列傳》

詞義：＿＿＿＿＿＿＿＿＿＿＿＿＿＿＿＿＿＿＿＿＿＿

4. 力生於德，天下無敵。夫力非吾力也，人各力其力也。

劉基《郁離子》

詞義：＿＿＿＿＿＿＿＿＿＿＿＿＿＿＿＿＿＿＿＿＿＿

造句法

　　另一解讀詞類活用的方法就是「造句法」。運用「造句法」前，要先判別需要語譯的文言字詞在眼下的句子臨時充當甚麼句子成分或詞性。**若該字被古人活用為動詞（謂語）或狀語時，我們可為它配上恰當的句式，這就是「造句法」。**

活用作動詞類

1.「使」字句

　　當字詞臨時活用為動詞時，除了一般的直接語譯外，我們可為它配上「…… 使 ……（照搬活用字詞或稍將之語譯）」的句式，使之詞意、句意皆通暢。見例如下：

　　文人畫士，未可明詔大號以繩天下之梅也；又不可以使天下之民斫直，刪密，鋤正，<u>以夭梅病梅為業以求錢也</u>。

龔自珍《病梅館記》

　　觀乎上例，「病」字常作名詞，解作「疾病」。即使作動詞用，也只能解作「生病」，甚少充當及物動詞和緊接名詞。這時候，我們可為它安插「…… 使 ……（活用字詞「病」）」的句式，那整句的句意就是「以使梅花彎曲、使梅花呈病態的工作充當職業，從而謀求錢財」了。

2.「以」字句

　　另一方面，我們也可為活用為動詞的字詞配上「……以……為（活用字詞）」或「……認為……（活用字詞）」的句式，使文言理解更得心應手。見例如下：

　　粟米布帛生於地，長於時，聚於力，非可一日成也。一日弗得而飢寒至。是故<u>明君貴五穀而賤金玉</u>。

晁錯《論貴粟疏》

《論貴粟疏》一例中，「貴」及「賤」字慣用為形容詞，分別解作「昂貴」及「貧賤」。現置於名詞「五穀」及「金玉」之前，臨時充當動詞。這時候，我們可為它安插「……以……為（活用字詞）」或「……認為……（活用字詞）」的句式，整個句意就是「賢明的帝王認為五穀貴重，而金玉則微賤」了。

3. 「為」字句

除了「使」字句式和「以」字句式，同學們還可利用「為」字句式解讀臨時活用作動詞的文言字詞。「為」字句式包括「……為（或替）……（活用字詞）」、「……給……（活用字詞）」、「……對（或向）……（活用字詞）」。見例如下：

今朕夙興夜寐，**勤勞天下**，**憂苦萬民**，為之惻怛不安，未嘗一日忘於心，故遣使者冠蓋相望，結徹於道，以諭朕志於單于。

班固《漢書・文帝紀》

《漢書・文帝紀》一例中，「勤勞」及「憂苦」常作形容詞，現於句子中臨時擔當動詞，分別支配「天下」及「萬民」這兩個名詞。這時候，我們可從上述介紹的「為」字句式中選取一個恰當的句式配置給該活用字詞，那就是「……為（或替）……（活用字詞）」。配置後，整個句意就是「為（或替）天下勤勞，為（或替）萬民憂苦」了。

活用作狀語類

當文言字詞（此況多見於名詞）被活用作狀語的時候，我們可通過下列 4 個句式解讀該詞類活用的現象：

1. 「像」字句

當名詞置於動詞前作狀語用時，**表達比喻之意**。同學可為它配

搭「……像（活用作狀語的名詞）……」的句式，使句意通暢。見例如下：

將不勝其忿，<u>而（卒）蟻附之</u>，殺士卒三分之一，而城不拔者，此攻之災也。

《孫子兵法·謀攻》

註：
1) 拔：攻破。

　　承上例，「蟻」原為名詞，現置於動詞「附」字前，充當狀語。配置「像」字句的句式後，其句完整意思就是「將領無法壓抑憤怒的情緒，命士卒像螞蟻般爬上城牆攻城，士卒的死傷達三分之一，然而城池終攻不下來，實在是攻城的災難。」

2.「用」字句

　　為表行為方式或辦事工具，名詞會置於動詞前，臨時作狀語用。同學可為它配搭「……用（活用作狀語的名詞）……」的句式，使句意通暢。見例如下：

黔無驢，<u>有好事者船載以入</u>。至則無可用，放之山下。

柳宗元《黔之驢》

註：
1) 黔：貴州。

　　承上例，「船」原為名詞，現置於動詞「載」字前，充當狀語。配置「用」字句式後，其句的完整意思就是「有一個好事之徒用船運來一頭驢子」。

3.「在」字句

　　有時候，名詞置於動詞前，臨時作狀語用，**亦可表處所**。故同學可為它配搭「……在（活用作狀語的名詞）……」的句式。見例

如下：

　　秦王因曰：「今殺相如，終不能得璧也，不如因而厚遇之，使歸趙，趙王豈以一璧之故欺秦邪！」卒廷見相如，畢禮而歸之。

司馬遷《史記·廉頗藺相如列傳》

註：
1) 因：於是。
2) 遇：對待。
3) 卒：終於。

　　承上例，「廷」多作名詞，解「朝廷」，現置於動詞「見」前，充當狀語。配置「在」字句式後，該句的完整意思則為「秦王終於在殿堂上接見了藺相如，並於大禮完成後讓他返回趙國。」

4.「待」字句

　　最後，名詞也會臨時活用作狀語，**表示對人的態度**。這時候，我們可為該詞類活用了的地方配置「……**像對待（活用作狀語的名詞）那般**……」的句式，使句意完整。見例如下：

　　襄子乃數豫讓曰：「智伯已死矣，子何以為之報讎之深也？」豫讓曰：「國士遇我，我故國士報之。」

司馬遷《史記·刺客列傳》

註：
1) 讎：同「仇」。

　　承上例，「國士」是名詞，解作「國家最優秀的人材」。現置於動詞「見」前，充當狀語，配置「在」字句式後，該句的完整意思則為「（智伯）像對待國家棟樑般對待我，所以我也像國家棟樑一樣報答他。」

試運用造句法，為帶「‧」字詞語譯適當的詞義。

1. 孝文時，嬰（竇嬰）為吳相。孝景初即位，為詹事，後薄其官，因病免。

   司馬遷《史記‧魏其武安侯列傳》

   詞義：＿＿＿＿＿＿＿＿＿＿＿＿＿＿＿＿＿＿＿＿＿

2. 蘇秦曰：「嗟乎！貧窮則父母不子，富貴則親戚畏懼。」

   《戰國策‧秦策一》

   詞義：＿＿＿＿＿＿＿＿＿＿＿＿＿＿＿＿＿＿＿＿＿

3. 失時不雨，民且狼顧。

   賈誼《論積貯疏》

   詞義：＿＿＿＿＿＿＿＿＿＿＿＿＿＿＿＿＿＿＿＿＿

4. 田單乃起，引（卒）還，東鄉坐，師事之。

   司馬遷《史記‧田單列傳》

   詞義：＿＿＿＿＿＿＿＿＿＿＿＿＿＿＿＿＿＿＿＿＿

5. 君王之於越也，繄起死人而肉白骨也。

   《國語‧吳語》

註：
1) 繄：音依，同「是」。

   詞義：＿＿＿＿＿＿＿＿＿＿＿＿＿＿＿＿＿＿＿＿＿

6. 父曰：「履我！」良業為取履，因長跪履之。（司馬遷《史記‧留侯世家》）

   詞義：＿＿＿＿＿＿＿＿＿＿＿＿＿＿＿＿＿＿＿＿＿

語境法

　　有時候，我們也可通過文言文的語境推敲活用文詞的字義。而文言文的作品名稱、題材方向往往為讀者提供有力的線索以瞭解文言文的語境。例見《列子·愚公移山》：

　　北山愚公者，年且九十，面山而居。懲山北之塞，出入之迂也。聚室而謀曰：「吾與汝畢力平險，指通豫南，達於漢陰，可乎？」

《列子·愚公移山》

　　承上，同學們對「愚公移山」的故事可謂耳熟能詳。即便有同學未曾聽過此故事，憑着作品名稱，相信同學們也能猜到大概是講述人類欲剷平峻嶺的故事，這就是《列子·愚公移山》的語境了！然後我們可根據這語境去解讀「險」。「險」原為形容詞，意謂「險要的」、「陡峭的」，現置於動詞「平」後，故必須轉換為名詞。綜合文言語境，「險」就是解作「險峻的山」了。

　　我們再看一例：

　　憂勞可以興國，逸豫可以忘身。方其盛也，莫能與之爭；及其衰也，數十伶人困之，而身死國滅。夫禍患常積於忽微，而智勇多困於所溺。

歐陽修《五代史伶官傳序》

註：
1) 逸：安逸。
2) 豫：歡樂。
3) 伶人：戲子、樂工或唱戲雜技演員。
4) 所溺：迷戀的人或沉溺的事。

　　通過作品名稱，我們可得知上述節錄屬傳記類，記載古人事跡。憑着節錄的首兩句文字，我們基本上可掌握《五代史伶官傳序》以「人」為中心，借人事講述國家興衰的道理。這就是上例的語境。套用這語境，「智勇」原為形容詞，意謂「聰明的」、「勇敢的」，現置於謂語前，故須轉化為名詞，解作「聰明勇敢的人」。

練習 11

試運用語境法，為帶「•」字詞語譯適當的詞義。

1. 項伯殺人，臣活之。

司馬遷《史記‧項羽本紀》

詞義：＿＿＿＿＿＿＿＿＿＿＿＿＿＿＿＿＿＿＿

2. 天下已平，高祖乃令賈人不得衣絲乘車，重租稅以困辱之。

司馬遷《史記‧平準書》

詞義：＿＿＿＿＿＿＿＿＿＿＿＿＿＿＿＿＿＿＿

3. 去仁愛，專任刑法，而欲以致治；至於殘害至親，傷恩薄厚。

《漢書‧藝文志‧諸子略》

詞義：＿＿＿＿＿＿＿＿＿＿＿＿＿＿＿＿＿＿＿

4. 石聞堅在壽陽，甚懼，欲不戰以老秦師。

《資治通鑑‧晉紀》

註：
1) 石：謝石，東晉大臣，於淝水一役統領謝玄等將戰勝前秦。
2) 堅：苻堅，前秦君主。

詞義：＿＿＿＿＿＿＿＿＿＿＿＿＿＿＿＿＿＿＿

5. 宋有富人，天雨牆壞，其子曰：「不築，必將有盜。」其鄰人之
   父亦云。暮而果大亡其財，其家甚智其子，而疑鄰人之父。

《韓非子‧說難》

詞義：＿＿＿＿＿＿＿＿＿＿＿＿＿＿＿＿＿＿＿

古今異義

　　於文言文云云特色中，同學們最需要投放時間、精神浸淫及深究的莫過於「古今異義」。中文詞彙歷經千百年的語言發展，詞義已見滄海之變。同學們要精確地理解文言篇章，必須「落地」，多閱讀，把字詞的演變及其相關意思內化於腦海裏。茲為同學們介紹「古今異義」的數種主要類別：

一、詞義擴大類

　　字詞於古時只特指某種意思，現今的意義範圍擴大了，就是「詞義擴大類」。例子見下：

　　析父謂子革：「吾子，楚國之望也，<u>今與王言如響</u>，國其若之何？」

《左傳・昭公十二年》

　　《左傳・昭公十二年》一例，「響」字指回聲答話，通句語譯則為「與君主談話就像回聲般和應」。而於現代，「響」字的詞義已泛指一切聲音。

二、詞義縮小類

字詞的今義不復古義廣泛的涵蓋範圍，就是「詞義縮小類」。例子見下：

景公過晏子，曰：「<u>子宮小</u>，近市，請徙子家豫章之圃。」

《韓非子・難二》

「宮」的古義泛指房屋。《韓非子・難二》一例，齊景公所云的「子宮小」就是指晏子的房屋太小，且近市集，故請他（晏子）把家搬到豫章的圃地。可是，現今的「宮」字已縮成「帝王居所」的意思。

三、詞義強化類

部分字詞的古義於程度上本為輕，後歷經語言發展，今義變得強烈，此乃「詞義強化類」。例子見下：

宰予晝寢，子曰：「朽木不可雕也，糞土之牆不可杇也！<u>於予與何誅</u>？」

《論語・公冶長第五》

「誅」字從言，古義原作「言語責備」之意。《論語》一例，孔子見宰予不思長進，固以「朽木」、「糞土之牆」作喻，說對着宰予已無甚可責備，暗指宰予無可救藥。今義之「誅」則發展為「殺戮」，詞義明顯強烈多了。

四、詞義弱化類

與「詞義強化類」相反，「弱化類」是指字詞的古義程度重，今反變輕。例子見下：

家有常業，<u>雖饑不餓</u>。國有常法，雖危不亡。

《韓非子・飾邪》

《韓非子》一例見「餓」之古義為嚴重的飢餓，幾乎瀕死。然現今「餓」義已大為淡化，泛指肚餓，應用層面廣泛。

五、詞義轉移類

當某詞的古義隨時代發展成意義上毫不相干的今義，這就是「詞義轉移類」。例子見下：

時五校尉官顯職閑，<u>府寺寬敞</u>，輿服光麗。

《東觀漢記・劉般傳》

《東觀漢記》一例見「寺」之古義原為「公卿官舍」或「高級官員的府邸、官署」。然自佛教傳入中國，建寺藏經，「寺」遂轉移成「佛寺」的意思。

六、褒貶互易類

有些字於詞義演變的過程中甚至出現褒貶互易的情況。先談從古代褒義轉變為現今貶義的詞語。例子見下：

> 今閣下為王爪牙，為國藩垣，威行如秋，仁行如春，戎狄棄甲而遠遁，朝廷高枕而不虞。
>
> 韓愈《與鳳翔邢尚書書》

《與鳳翔邢尚書書》一例，見「閣下」努力保衛國家，仁威兼備，教戎狄生畏，為朝廷分憂。可知「爪牙」原解「輔君之人」，乃讚譽；然今「爪牙」者，為虎作倀者也，已淪貶義。

另有自古代貶義易轉成現今褒義的詞語。例子見下：

> 忠孝之人，持心近厚，鍛鍊之吏，持心近薄。
>
> 《後漢書‧韋彪傳》

《韋彪傳》一例見「鍛鍊」之貶義。「鍛鍊」，古時乃解作「弄權者通過法律誣陷或魚肉百姓」。現今已發展成毫無此意，反成正面的詞語，如「勤加鍛鍊」等。

試為帶「‧」字詞填上合適的古義。

1. 苟以天下之大而從六國破亡之**故事**，是又在六國下矣。

蘇洵《六國論》

故事	
今義	古義
以敘述的方式向觀眾表達，多是虛擬事情	

2. 率**妻子**邑人來此**絕境**。

陶淵明《桃花源記》

妻子	
今義	古義
婚姻中男性對配偶的稱呼	

絕境	
今義	古義
沒有出路的境地	

3. 屈原至於江濱，被髮行吟澤畔。顏色憔悴，**形容**枯槁。

司馬遷《史記・屈原賈生列傳》

形容	
今義	**古義**
描述事物的性質或形象	

4. 問今是何世，乃不知有漢，**無論**魏晉。

陶淵明《桃花源記》

無論	
今義	**古義**
連詞，表示即使條件轉換，結果終究不變	

5. 有蔣氏者，專其利三世矣。問之，則曰：「吾祖死**於是**，吾父死
   於是，今吾嗣為之十二年，幾死者數矣。」

柳宗元《捕蛇者說》

註：
1) 專其利：從事捕蛇的專業。

於是	
今義	**古義**
連詞，承接結果	

　　「通假」現象在文言世界裏十分普遍。要拆解「通假」現象，必先明瞭古人創造通假字的原因與邏輯。通假字誕生的原因主要是古代還未有嚴格的用字規範法；另一方面，漢字的數量迅速增多，古人未能熟記所有漢字，倉卒下筆只好暫寫「別字」頂替「本字」。而他們往往是通過音同、音近或形近的形式借「彼字」當作「本字」融於行文之間。

　　現今，面對「通假」的現象，最務實的學習方法就是多閱讀文章培養語感，並且多記憶「通假字」。然而，可有更快捷地掌握「通假」現象的辦法嗎？有，那就是「尋形法」及「覓音法」。

尋形法

　　其中一類通假字為形近類，其多見「通假字」及「本字」的偏旁相近。因此，**「尋形法」的要旨在於結合字形（偏旁）、語境和詞組三個線索從「彼字」追溯「本字」**，並得詞義。例子見下：

　　吾資之聰，倍人也，吾材之敏，倍人也；**屏**棄而不用，其昏與庸無以異也。

《為學一首示子姪》

　　《為學》一例，「棄」字多與「摒」字配搭，含「撤除」、「捨棄」之意；而「摒」與「屏」的偏旁相近，故可推敲「屏」的本字為「摒」，意「捨棄」。這裏先後運用了詞組及字形兩項線索。

荊人欲襲宋，使人先表澭水，澭水暴**益**，荊人弗知，循表而夜涉，溺死者千有餘人，軍驚而壞都舍。

《呂氏春秋・察今》

《呂氏》一例，求諸語境，文句透露着「洪水暴漲」的訊息。意「水位上升」且與「益」字形近的字詞為「溢」，故我們可推敲「益」的本字為「溢」，解作「洪水泛濫」。這裏先後運用了語境及字形兩項線索。

村中少年好事者，馴養一蟲，自名「蟹殼青」，日與子弟角，無不勝。欲居之以為利，而高其**直**，亦無售者。

蒲松齡《聊齋志異・促織》

《聊齋》一例，通過上文下理的解讀，我們大概可得知村裏有一人欲向他人販賣自家馴養且（鬥蟲）戰無不勝的昆蟲，從中獲利。獲利涉及「錢財」，錢財又與「價值」相關。「值」與「直」字形近，故我們可推敲「直」的本字為「值」，即「價值」。這裏先後運用了語境及字形兩項線索。

試運用尋形法，為帶「‧」通假字找出本字，並語譯適當的字義。

1. 壽畢，請以劍舞，因擊沛公於坐，殺之。不者，若屬皆且為所虜。

《鴻門宴》

通假字	本字	字義
不		

2. 吾輩讀書人，入則孝，出則弟，守先待後，得志，澤加於民。

鄭燮《寄弟墨書》

通假字	本字	字義
弟		

3. 負者歌於塗，行者休於樹，前者呼，後者應。

歐陽修《醉翁亭記》

通假字	本字	字義
塗		

覓音法

　　另一類通假字為音同音近類，其多見「通假字」及「本字」的聲母、韻母和聲調相同或相近。因此，「覓音法」可通過語音、語境和詞組三個線索追溯「本字」，並得詞義。例子見下：

　　莊王即位三年，日夜為樂，令國中曰：「有敢諫者死無赦！」伍舉入諫，曰：「有鳥三年不蜚不鳴，是何鳥也？」莊王曰：「三年不蜚，蜚將沖天；三年不鳴，鳴將驚人。舉退矣，吾知之矣。」

《史記·楚世家》

　　《楚世家》一例，楚國大臣伍舉見楚莊王耽於逸樂，便向楚莊王進諫，言談間以奇鳥作喻，冀莊王重新振作。求諸語境，鳥類的習性大體離不開「鳴叫」和「飛翔」，莊王回答伍舉的問題時更談及是鳥將「沖天」。而「蜚」與「飛」音同，由是觀之，「蜚」的本字為「飛」，解作「飛行」。

　　由是先主遂詣亮，凡三往，乃見。因屏人曰：「漢室傾頹，奸臣竊命，主上蒙塵。孤不度德量力，欲信大義於天下；而智術淺短，遂用猖蹶，至於今日。然志猶未已，君謂計將安出？」

陳壽《隆中對》

　　《隆中對》一例，概閱引文，劉備三顧草廬，欲招請諸葛亮輔佐自己。當中劉備談及時局動盪，佞臣當道，社會不安，然自己仍抱撥亂反正的宏願，這就是作品的語境。而劉備理想的「大義」往往可與動詞「伸張」搭配。「伸」與「信」字音近，可推斷「信」的本字乃「伸」，解作「伸張」。

天行有常，不為堯存，不為桀亡。應之以治則吉，應之以亂則凶。<u>彊</u>本而節用，則天不能貧；養備而動時，則天不能病；脩道而不貳，則天不能禍。

荀子《天論》

　　《天論》一例，荀子指出天地萬物的運行有常規，用正確的方法治理就得吉祥昇平；反之亦然。而荀子談及的「養備」及「脩道」等善舉大體離不開「打穩根基」、「未雨綢繆」等精神，我們也就能順應推敲「彊本而節用」含積穀防饑之意，這就是上文的語境。要達到這個目的，必須從「本」（古人論「本」多指「農業」）着手，加以強化。「本」字可與動詞「強」相配，而「強」與「彊」字音近，「彊」的本字乃「強」，解作「使……強大」。

練習 14

　　試運用覓音法，為帶「‧」通假字找出本字，並語譯適當的
字義。

1. 頒白者不負戴於道路矣。

《孟子‧梁惠王上》

通假字	本字	字義
頒		

2. 旦日不可不蚤自來謝項王。

《鴻門宴》

通假字	本字	字義
蚤		

3. 嶺嶠微草，凌冬不雕。

沈括《夢溪筆談‧採草藥》

通假字	本字	字義
雕		

文化要素　智慧篇

文化要素：智慧

品德	閱讀	思考
認識古代孩子的智慧	語文知識：認識比喻論證、類比論證	孩子的教育模式待人接物的方式及態度

練習四《小時了了》

經典簡介

《世説新語》是魏晉南北朝時期「筆記小説」的代表作，內容大多記載東漢至東晉年間的高士名流言行風貌和軼文趣事，由南朝宋劉義慶召集門下食客共同編撰。全書分上、中、下三卷，依內容分有：「德行」、「言語」、「政事」、「文學」、「方正」、「雅量」和「識鑑」等等，全書共一千多則。

《世説新語》主要記述士人的生活、思想及統治階級當時的情況，反映了魏晉時期文人的思想言行和生活面貌，有助讀者瞭解當時的人所處的政治社會環境。

作者簡介

劉義慶（403年-444年），彭城（今江蘇徐州市）人，是劉宋宗室，武帝劉裕之姪，襲臨川王。他曾任地方官，治績不錯。他集士人門客作《世説新語》、《幽明錄》等書。

閱讀指引

　　本文記錄了孔文舉年輕時的趣事，反映他的聰明機智。同學作答時，需瞭解孔文舉的邏輯思維，分析他用甚麼論證方法去闡述自己的想法，以欣賞孔文舉聰明之處。同時，亦可思考現今孩子的教育能否啟發小朋友的智慧。

　　孔文舉[1]年十歲，隨父到洛。時李元禮[2]有盛名，為司隸校尉[3]，詣門者，皆儁才清稱[4]及中表[5]親戚乃通。文舉至門，謂吏曰：「我是李府君[6]親。」既通，前坐。元禮問曰：「君與僕有何親？」對曰：「昔先君仲尼與君先人伯陽[7]，有師資之尊，是僕與君奕世為通好也。」元禮及賓客莫不奇之。太中大夫陳韙[8]後至，人以其語語之。韙曰：「小時了了[9]，大未必佳！」文舉曰：「想君小時，必當了了！」韙大踧踖[10]。

注釋：

1. 孔文舉：即孔融（153-208），字文舉，東漢人，孔子二十世孫。
2. 李元禮：即李膺（110-169），字元禮，東漢人。
3. 司隸校尉：官職名稱，負責監察京師和所屬各郡百官。
4. 清稱：有名望的人。
5. 中表：指與姑、姨、舅子女之間的親戚關係。
6. 府君：漢晉年間對太守的稱呼。
7. 伯陽：即老子，名李耳，字伯陽。春秋戰國時代人，為著作經典《老子》的作者。
8. 陳韙：東漢人，其生卒事跡不詳。
9. 了了：聰明，明白通曉。
10. 踧踖（cuk1 zik1）：局促不安的樣子。

語文知識連線 ••••••••••••••••••••••••••••••••••••••

論證手法 —— 類比論證與比喻論證

語氣助詞為文言虛詞的一種，通常用於句末以表示語氣，常見的有以下幾個。

> **類比論證：**
>
> - 透過兩樣事物的共同點，從而推論出相同的結果。
> - 例子：小美的化妝技術不佳，上次她在謝師宴「盛裝打扮」，效果卻不敢恭維，相信今天她一定會再大出洋相呢！

> **論證過程：**
>
> 1. 相似點：小美在謝師宴化妝 ◆ 結果：效果不佳
> 2. 相似點：小美今天化妝 ◆ 推論結果：大出洋相

> **類比論證：**
>
> - 運用比喻去論證事實。
> - 例子：孩子的潛能像火一樣，火的顏色、形狀，能燒多旺，通通都是未知之數。

> **論證過程：**
>
> 孩子的潛能像火。
> 相似點：
> 1. 孩子的潛能是未知之數。
> 2. 火的形狀等等都是未知之數。

有時，比喻論證亦會與類比論證一起使用，這是較為高階的論證過程。此外，同學要注意兩者的分別，很多同學會將兩種手法混淆，因為兩種論證手法也有「相似點」。要注意，類比論證着重的是依據相似點而推論出答案的過程。換言之，結論是否屬實還是未知之數，它只是論證者的推論而已。

一、請解釋句中標有▲號的字詞解釋。（6分，2分@）

　　（閱讀認知層次：理解）

1. 時李元禮有盛名 ＿＿＿＿＿＿＿＿＿＿＿＿＿＿＿＿＿＿＿
　　　　　▲

2. 皆儁才清稱及中表親戚乃通 ＿＿＿＿＿＿＿＿＿＿＿＿＿
　　　　　　　　　　　▲

3. 是僕與君奕世為通好也 ＿＿＿＿＿＿＿＿＿＿＿＿＿＿＿
　　　　　　　　▲

二、請語譯以下句子。（6分，3分@）

　　（閱讀認知層次：理解）

1. 元禮及賓客莫不奇之。

＿＿＿＿＿＿＿＿＿＿＿＿＿＿＿＿＿＿＿＿＿＿＿＿＿＿＿＿＿

2. 人以其語語之。

＿＿＿＿＿＿＿＿＿＿＿＿＿＿＿＿＿＿＿＿＿＿＿＿＿＿＿＿＿

三、請判斷以下對本文內容的陳述，然後用筆塗滿與答案相應的圓圈；只可選一個答案，多選者不給分。（3分）

　　（閱讀認知層次：理解）

　　「昔先君仲尼與君先人伯陽 7，有師資之尊，是僕與君奕世為通好也。」指出：

	正確	部分正確	錯誤	無從判斷
伯陽是孔文舉的先祖；孔文舉與李元禮有師生關係。	○	○	○	○

四、請以完整句子回答以下問題。切勿抄錄原文。（20分）

1. 孔文舉所說的：「想君小時，必當了了！」，有甚麼意思？他為甚麼要這樣說？（2+2分）

  （閱讀認知層次：理解＋分析）

　　＿＿＿＿＿＿＿＿＿＿＿＿＿＿＿＿＿＿＿＿＿＿＿＿＿＿＿＿

　　＿＿＿＿＿＿＿＿＿＿＿＿＿＿＿＿＿＿＿＿＿＿＿＿＿＿＿＿

　　＿＿＿＿＿＿＿＿＿＿＿＿＿＿＿＿＿＿＿＿＿＿＿＿＿＿＿＿

2. 試從陳韙與孔文舉的對話中，分析兩人的性格特徵並加以解釋。（3+3分）

  （閱讀認知層次：分析）

　　＿＿＿＿＿＿＿＿＿＿＿＿＿＿＿＿＿＿＿＿＿＿＿＿＿＿＿＿

　　＿＿＿＿＿＿＿＿＿＿＿＿＿＿＿＿＿＿＿＿＿＿＿＿＿＿＿＿

　　＿＿＿＿＿＿＿＿＿＿＿＿＿＿＿＿＿＿＿＿＿＿＿＿＿＿＿＿

　　＿＿＿＿＿＿＿＿＿＿＿＿＿＿＿＿＿＿＿＿＿＿＿＿＿＿＿＿

3. 孔文舉採用了甚麼論證方法去論證自己與李元禮的關係？（1+3分）

  （閱讀認知層次：分析）

　　＿＿＿＿＿＿＿＿＿＿＿＿＿＿＿＿＿＿＿＿＿＿＿＿＿＿＿＿

　　＿＿＿＿＿＿＿＿＿＿＿＿＿＿＿＿＿＿＿＿＿＿＿＿＿＿＿＿

　　＿＿＿＿＿＿＿＿＿＿＿＿＿＿＿＿＿＿＿＿＿＿＿＿＿＿＿＿

4. 你認為孔文舉這樣回陳韙的話，會否太無禮？試解釋。（3分）
（閱讀認知層次：評鑑）

_____

_____

_____

_____

5. 如果你是孔文舉，你會怎樣回陳韙的話？（3分）
（閱讀認知層次：創新）

_____

_____

_____

_____

請閱讀以下引文，並回答相關問題。

> 　　陳太丘與友期行，期日中，過中不至，太丘捨去，去後乃至。元方時年七歲，門外戲。客問元方：「尊君在不？」答曰：「待君久不至，已去。」友人便怒：「非人哉！與人期行，相委而去。」元方曰：「君與家君期日中。日中不至，則是無信；對子罵父，則是無禮。」 友人慚，下車引之，元方入門不顧。
>
> 　　　　　　　　　　劉義慶《世說新語（無信無禮）》

五、請以完整句子回答以下問題。（10分）

1. 為甚麼文中要強調「元方時年七歲」？（2分）
   （閱讀認知層次：分析）

2. 元方從哪兩方面去回答友人？（2+2分）
   （閱讀認知層次：理解）

3. 從以上兩篇文章可見，兩個孩子雖然年紀輕輕，但卻十分機靈。
   你認為如果他們是現今社會的孩子，會適應現今的教育模式嗎？
   （4分）
   （閱讀認知層次：應用＋創新）

總分 ____ / 45

文化要素：家國

品德	閱讀	思考
認識古人的善辯、機智	語文知識：鞏固比喻論證法、類比論證法認識演繹論證法 文言知識：認識古今異義	待人接物的方式及態度

練習五 《晏子使楚》

經典簡介

《晏子春秋》是記載春秋時期（公元前 770 年 - 公元前 476 年）齊國政治家晏嬰言行的一部典籍，用史料和民間傳說編寫而成。書中記載了很多晏嬰勸告君主不要貪圖逸樂，以及提醒他愛護百姓、任用賢能和對君主虛心納諫的事例。

閱讀指引

本文中借晏子出使楚國的三件事例，帶出晏子的能言善辯。同學閱讀時，需瞭解晏子的邏輯思維，分析他用了甚麼論證方法去與楚王對答，才能欣賞他的機敏。同時，亦可反思晏子的待人接物方式是否適當。

晏子[1] 使楚。楚人以晏子短，為小門於大門之側而延晏子。晏子不入，曰：「使狗國者，從狗門入。今臣使楚，不當從此門入。」儐者更道，從大門入。

見楚王[2]。王曰：「齊無人耶，使子為使？」晏子對曰：「齊之臨淄[3]三百閭[4]，張袂[5]成陰，揮汗成雨，比肩繼踵[6]而在，何為無人！」王曰：「然則何為使子？」晏子對曰：「齊命使，各有所主。其賢者使使賢主，不肖者使使不肖主。嬰最不肖，故宜使楚矣！」

晏子將使楚。楚王聞之，謂左右曰：「齊之習辭者也，今方來，吾欲辱之，何以也？」左右對曰：「為其來也，臣請縛一人，過王而行。王曰，何為者也？對曰，齊人也。王曰，何坐？曰，坐盜。」

晏子至，楚王賜晏子酒，酒酣，吏二縛一人詣[7]王。王曰：「縛者曷[8]為者也？」對曰：「齊人也，坐盜。」王視晏子曰：「齊人固善盜乎？」晏子避席對曰：「嬰聞之，橘生淮南則為橘，生於淮北則為枳[9]，葉徒相似，其實味不同。所以然者何？水土異也。今民生長於齊不盜，入楚則盜，得無楚之水土使民善盜耶？」王笑曰：「聖人非所與熙也，寡人反取病焉。」

節錄自《晏子春秋》

注釋：

1. 晏子：即晏嬰（前578年 - 前500年），字仲，亦稱晏子，為春秋時期的齊國人。晏嬰是中國歷史中有名的外交家，雖然身型矮小，但頭腦靈活且機智。
2. 楚王：即楚靈王（不詳 - 前529年），芈姓，熊氏，初名圍。楚王殺了其侄楚郟敖，然後自立為王，即王位後改名虔。楚王是春秋年代有名的暴君，最終被楚國人民推翻其統治。
3. 臨淄：即今在山東省淄博市，為齊國首都。
4. 閭：粵音 leoi[4]（累），古代二十五家為一閭，晏子此處指齊國首都住滿了人。
5. 袂：粵音 mai[6]（謎），指衣袖。
6. 比肩繼踵：即肩膀依着肩膀，腳尖碰腳後跟。
7. 詣：粵音 ngai[6]（魏），指到……去。
8. 曷：粵音 hot[3]（害），同「何」，即為甚麼。
9. 枳：是一種果實，但其肉汁既酸且苦，不宜食用。

古今異義

即字詞在古代及現今的解釋不同，古今異義一般分為以下五種。

---

1. 詞義的擴大：
   字詞的意義以原來所用的範圍廣泛。

   「漢天子，我丈人行也。」

   班固《蘇武傳》

   古：長輩　　今：岳父

---

2. 詞義的縮小：
   字詞的意義以原來所用的範圍縮小。

   「古之學者必有師。」

   韓愈《師說》

   古：求學的人　　今：學術上有成就的人

---

3. 詞義轉移：
   字詞的意義及詞性亦產生了變化。

   「犧牲玉帛，弗敢加也」

   《曹劌論戰》

   古：祭祀時的牲畜，為名詞
   今：為正義而放棄利益，為動詞

---

4. 字詞色彩的改變：

字詞感情色彩產生了變化。

1. 褒義 ╸ 貶義

「誠國家爪牙之吏，折沖之臣」

班固《漢書 • 王尊傳》

古：指國家的重臣、武將，如爪牙一樣重要
今：指壞人的黨羽

---

2. 貶義 ╸ 褒義

「亂世之音怨以怒，其政乖。」

《禮記 • 樂記》

古：不順，反常　　今：乖巧

---

3. 中性 ╸ 貶義

「蜀之鄙有二僧」

彭端淑《為學》

古：邊境　　今：品格低下

---

4. 中性 ╸ 褒義

「策勳十二轉，賞賜百千強」

《木蘭辭》

古：有餘　　今：強壯、強大

一、請解釋句中標有▲號的字詞解釋。（10分，2分@）

（閱讀認知層次：理解）

1. 然則何為使子？ _____
　　▲ ▲

2. 其賢者使使賢主 _____
　　　　　▲

3. 齊之習辭者也 _____
　　　▲ ▲

4. 何坐？ _____
　　▲

5. 聖人非所與熙也 _____
　　　　　　▲

二、請解釋句中標有▲號字詞的古今義。（8分，2分@）

（閱讀認知層次：理解）

1. 其實味不同　　古義：_____今義：_____
　　▲

2. 寡人反取病焉　古義：_____今義：_____
　　　　▲

三、請語譯以下句子。（6分，3分@）

（閱讀認知層次：理解）

1. 齊人固善盜乎？

_____

2. 得無楚之水土使民善盜耶？

_____

四、請判斷以下對本文內容的陳述，然後用筆塗滿與答案相應的圓圈；只可選一個答案，多選者不給分。（3分）

（閱讀認知層次：理解）

	正確	部分正確	錯誤	無從判斷
晏子因為不才而被派去楚國出使；該囚犯是因為楚國的風氣不好才會盜竊。	○	○	○	○

五、請選擇最合適的答案。（4分，2分@）

1. 從晏子應對門衛的話來看，他運用了甚麼論證方法去令門衛陷入困境？

（閱讀認知層次：分析）

	A	B	C	D
A. 演繹論證 B. 舉例論證 C. 歸納論證 D. 類比論證	○	○	○	○

2. 「齊之臨淄三百閭，張袂成陰，揮汗成雨，比肩繼踵而在，何為無人！」一句運用了甚麼修辭手法？

（閱讀認知層次：分析）

I. 排比
II. 層遞
III. 誇張
IV. 比喻

A. Ⅰ、Ⅲ 及 Ⅳ

B. Ⅰ、Ⅱ 及 Ⅳ

C. Ⅱ、Ⅲ 及 Ⅳ

D. 以上皆是

A	B	C	D
○	○	○	○

六、請把合適的內容填在空格內。切勿抄錄原文。（18 分）

（閱讀認知層次：分析）

1. 試指出淮南的橘子及淮北的枳子的本義。

	淮南的橘子	淮北的枳子
本義	淮南：＿＿＿＿＿＿＿＿＿＿ （2 分） 橘子：＿＿＿＿＿＿＿＿＿＿ （2 分）	淮北：＿＿＿＿＿＿＿＿＿＿ （2 分） 枳子：＿＿＿＿＿＿＿＿＿＿ （2 分）

2. 試分析晏子及楚王的性格特點並舉例說明。

	性格	舉例說明
晏子	＿＿＿＿＿ （2 分）	＿＿＿＿＿＿＿＿＿＿＿＿＿＿＿＿＿＿ ＿＿＿＿＿＿＿＿＿＿＿＿＿＿＿＿＿＿ ＿＿＿＿＿＿＿＿＿＿＿＿＿＿＿＿＿＿ ＿＿＿＿＿＿＿＿＿＿＿＿＿＿＿＿＿＿ ＿＿＿＿＿＿＿＿＿＿＿＿＿＿＿＿＿＿ （3 分）
楚王	＿＿＿＿＿ （2 分）	＿＿＿＿＿＿＿＿＿＿＿＿＿＿＿＿＿＿ ＿＿＿＿＿＿＿＿＿＿＿＿＿＿＿＿＿＿ ＿＿＿＿＿＿＿＿＿＿＿＿＿＿＿＿＿＿ ＿＿＿＿＿＿＿＿＿＿＿＿＿＿＿＿＿＿ ＿＿＿＿＿＿＿＿＿＿＿＿＿＿＿＿＿＿ （3 分）

七、請以完整句子回答以下問題。切勿抄錄原文。（16分）

1. 晏子運用了甚麼論證方法去回應楚王對他出使楚國的質疑？試解釋。（1+3分）

   （閱讀認知層次：分析）

   _____

   _____

   _____

   _____

2. 「水土異也」中所指的「水土」，實際本義是甚麼？試分析晏子此處的論證過程。（試想想，晏子是不是只運用了一種論證手法？請參考己部題一。）（1+4分）

   （閱讀認知層次：分析）

   _____

   _____

   _____

   _____

3. 你認為晏子在宴會上應對楚王的話合適嗎？試評論。（3分）

   （閱讀認知層次：評鑑）

   _____

   _____

   _____

   _____

4. 試概括本文的主旨。（4分）
（閱讀認知層次：分析）

_____

_____

_____

_____

_____

請閱讀以下引文，並回答相關問題。

[1] 孟子¹謂齊宣²曰：「王之臣，有托其妻子於其友而之楚游者。比其反也，則凍餒³其妻子，則如之何？」

[2] 王曰：「棄之。」

[3] 曰：「士師不能治士，則如之何？」

[4] 王曰：「已之。」

[5] 曰：「四境之內不治，則如之何？」

[6] 王顧左右而言他。

注釋：

1. 孟子：孟子（前372年-前289年），名軻，鄒國（今山東省鄒城市）人。孟子是戰國時期的儒家思想代表人物，孟子的弟子著有《孟子》一書以弘揚孟子思想，主張有「人性本善」、「民為貴，社稷次之，君為輕」。

2. 齊宣：即齊宣王（前372年-前289年），田氏，名辟疆，為戰國時代的齊國君主。他於任內積極推動學術發展，支持稷下學宮（由官方措辦的學府）的發展，容許各派學說在宮內發展，是為春秋戰國時期出現「百家爭鳴」（各個學派都能著書發展）的重要因素。

3. 餒：粵 neoi⁴（女），飢餓。

八、請解釋句中標有▲號的字詞解釋。（6分，2分@）

（閱讀認知層次：理解）

1. 孟子謂齊宣曰 ＿＿＿＿＿＿＿＿＿＿＿＿＿＿＿＿＿＿
　　　▲

2. 比其反也 ＿＿＿＿＿＿＿＿＿＿＿＿＿＿＿＿＿＿＿＿
　　▲

3. 已之 ＿＿＿＿＿＿＿＿＿＿＿＿＿＿＿＿＿＿＿＿＿＿
　　▲

九、請以完整句子回答以下問題。切勿抄錄原文。（11分）

1. 孟子運用了甚麼論證方法去達到勸諫齊宣王的目的？（1+4分）

（閱讀認知層次：分析）

＿＿＿＿＿＿＿＿＿＿＿＿＿＿＿＿＿＿＿＿＿＿＿＿＿＿＿＿＿＿

＿＿＿＿＿＿＿＿＿＿＿＿＿＿＿＿＿＿＿＿＿＿＿＿＿＿＿＿＿＿

＿＿＿＿＿＿＿＿＿＿＿＿＿＿＿＿＿＿＿＿＿＿＿＿＿＿＿＿＿＿

＿＿＿＿＿＿＿＿＿＿＿＿＿＿＿＿＿＿＿＿＿＿＿＿＿＿＿＿＿＿

＿＿＿＿＿＿＿＿＿＿＿＿＿＿＿＿＿＿＿＿＿＿＿＿＿＿＿＿＿＿

2. 你認為晏子與孟子的說話方式及態度，哪個更恰當？（3分）

（閱讀認知層次：評鑑）

＿＿＿＿＿＿＿＿＿＿＿＿＿＿＿＿＿＿＿＿＿＿＿＿＿＿＿＿＿＿

＿＿＿＿＿＿＿＿＿＿＿＿＿＿＿＿＿＿＿＿＿＿＿＿＿＿＿＿＿＿

＿＿＿＿＿＿＿＿＿＿＿＿＿＿＿＿＿＿＿＿＿＿＿＿＿＿＿＿＿＿

＿＿＿＿＿＿＿＿＿＿＿＿＿＿＿＿＿＿＿＿＿＿＿＿＿＿＿＿＿＿

＿＿＿＿＿＿＿＿＿＿＿＿＿＿＿＿＿＿＿＿＿＿＿＿＿＿＿＿＿＿

3. 你認為晏子在現今社會中，適合投身甚麼行業呢？（3分）
（閱讀認知層次：應用及創新）

_____

_____

_____

_____

_____

總分 ╱ 82

品德	閱讀	思考
認識古人 的智慧	文言知識： 反問句	思考待人處事 的方式

練習六 《韓信受辱》

經典簡介

《史記》最早稱為《太史公書》或《太史公記》，是西漢漢武帝時期任職太史令的司馬遷所編寫的紀傳體史書。紀傳體即以人物為主題，按時間順序，連貫地記述各個時代史實的史書體例，此記錄歷史的方法為司馬遷首創。司馬遷會為人物的傳記以「太史公曰」寫下評價，這種做法亦為後人模仿。

《史記》內容記載自傳說中的黃帝以來至漢武帝時期歷史。

作者簡介

司馬遷（前 145 年 - 約前 86 年），字子長，左馮翊夏陽（今山西河津）人，是中國西漢時期著名的史學家和文學家。其父司馬談為太史令，司馬遷後繼承其父官職，同為史官。漢武帝天漢二年（公元前 99 年）時，司馬遷為將軍李陵求情，激怒武帝，因而慘遭宮刑，自此司馬遷發憤圖強，以一己之力完成了編寫《史記》的工作。

閱讀指引

本文記錄了傳奇人物韓信的兩件事例，當中呈現出他的不凡智慧。同學可在閱讀時思考韓信的性格特點，以及欣賞他待人處事的方式。

淮陰侯韓信[1]者，淮陰[2]人也。始為布衣[3]時，貧無行，不得推擇為吏，又不能治生商賈，常從人寄食飲，人多厭之者，常數從其下鄉南昌亭長[4]寄食，數月，亭長妻患之，乃晨炊蓐[5]食。食時信往，不為具食。信亦知其意，怒，竟絕去。

淮陰屠[6]中少年有侮信者，曰：「若雖長大，好帶刀劍，中情怯耳。」眾辱之曰：「信能死，刺我；不能死，出我袴下。」於是信孰視[7]之，俛[8]出袴下，蒲伏[9]。一市人皆笑信，以為怯。

漢王之困固陵，用張良計，召齊王信，遂將兵會垓下。項羽已破，高祖襲奪齊王軍。漢五年正月，徙齊王信為楚王，都下邳。

信至國。及下鄉南昌亭長，賜百錢，曰：「公，小人也，為德不卒。」召辱己之少年令出胯下者以為楚中尉。告諸將相曰：「此壯士也。方辱我時，我寧不能殺之邪？殺之無名，故忍而就於此。

節錄選自司馬遷《史記·淮陰侯列傳》

注釋：

1. 韓信：韓信（前230年-前196年），淮陰人，是西漢的開國功臣。因助西漢開國君主漢高祖劉邦擊敗勁敵項羽奪得江山，而被封楚王。後被漢高祖猜疑，被貶為淮陰侯，最後更被呂后誣陷而處死。
2. 淮陰：即今江蘇省淮安市。
3. 布衣：平民百姓的普通廉價衣服，引伸指平民百姓。
4. 亭長：地方官名，戰國時國君會在邊境設亭，置亭長，以防禦外敵。秦、漢時在鄉村每十里則設一亭。
5. 蓐：即草墊子。
6. 屠：即屠夫。
7. 孰視：孰通「熟」，意指深透、仔細，此處解作仔細地看。
8. 俛：粵 fu[2]（苦），通「俯」，意指彎下身。
9. 蒲伏：伏地而爬。

文言知識連線 ·································

反問句

　　反問是一種修辭技巧，是問句的一種，並不需要回答，因答案就在問題當中。是一種明知故問的提問技巧，以加強語氣。

　　一般來說，文言文的反問句一般有以下幾個副詞：安、寧、豈、獨、得、庸，解作「難道」。

　　同時，反問句亦會有以下常見句式：

---

1. 不亦……乎？＝（難道不……嗎？）

　學而時習之，不亦說乎？

《論語》

---

2. 何……為？＝（怎能……？）

　一室之不治，何以天下國家為？

劉禹錫《陋室銘》

---

3. 其……（乎）／（邪）？＝（難道……？）

　聖人之所以為聖，愚人之所以為愚，其皆出於此乎？

韓愈《師說》

一、請解釋句中標有▲號的字詞解釋。（10分，2分@）

（閱讀認知層次：理解）

1. 貧無行 _____
　　　▲

2. 亭長妻患之 _____
　　　　　▲

3. 乃晨炊蓐食 _____
　　　　　▲

4. 不為具食 _____
　　　▲

5. 徙齊王信為楚王 _____
　　▲

二、請語譯以下句子。（6分，3分@）

（閱讀認知層次：理解）

1. 不得推擇為吏，又不能治生商賈

_____

2. 方辱我時，我寧不能殺之邪？

_____

三、請判斷以下對本文內容的陳述，然後用筆塗滿與答案相應的圓圈；只可選一個答案，多選者不給分。（3分）

（閱讀認知層次：理解）

第一段中，可見：

	正確	部分正確	錯誤	無從判斷
亭長的妻子不喜歡韓信來白吃白喝；而不再為他準備食物。	○	○	○	○

四、請把合適的內容填在空格內。切勿抄錄原文。（5分）

（閱讀認知層次：分析）

	事例
---------------------- （2分）	韓信既做不了官，又不去做些小買賣養活自己，到處蹭飯吃，終日無所事事。
以德報怨	---------------------- ---------------------- ---------------------- ---------------------- ---------------------- （3分）

五、請以完整句子回答以下問題。切勿抄錄原文。（13分）

1. 韓信為甚麼能忍受袴下之辱呢？（2分）

（閱讀認知層次：理解）

_____

_____

_____

2. 承上題，這反映了韓信甚麼性格呢？（1+3分）
（閱讀認知層次：分析）

_____

_____

_____

_____

3. 如果你是韓信，當你加官進爵後，你會怎樣對待當初讓你受辱的
人？（3分）
（閱讀認知層次：分析）

_____

_____

_____

_____

4. 綜觀全文，你認為韓信是個有智慧的人嗎？（4分）
（閱讀認知層次：評鑑）

_____

_____

_____

_____

總分 ／37

答案冊

語法篇

練習 1

1. B
2. C
3. B
4. A
5. D

練習 2

1. 康肅忿然曰：「爾安敢輕吾射！」

文言字詞	爾	安	輕	吾	射
句子成分	主語	狀語	謂語	定語	賓語

2. 於是廢先王之道，焚百家之言，以愚黔首。

文言字詞	焚	百家	言	愚	黔首
句子成分	謂語	定語	賓語	謂語	賓語

練習 3

1. 信亡楚歸漢。

文言字詞	信	亡	楚	歸	漢
位置	句首	例：句末（補充：屬連動詞組或連謂詞組）			
句子成分	主語	謂語	賓語	謂語	賓語
詞性	名詞	動詞	名詞	動詞	名詞
詞義	例：韓信	脫離	楚軍	歸順	漢王

2. 滕公奇其言，壯其貌，釋而不斬。

文言字詞	句子成分	詞性	詞義
奇	謂語	動詞	為……感到詫異
壯	謂語	動詞	看
釋	謂語	動詞	釋放

練習 4

1. 秦使王翦攻趙，趙使李牧、司馬尚禦之。

句子成分：謂語；詞性：動詞；詞義：派遣

2. 鄙夫寡識。

句子成分：賓語；詞性：名詞；詞義：知識、見識

練習 5

1. 君子病無能焉，不病人之不己知也。

文言詞組	「病無能」	文言字詞	病
詞組結構	**動賓結構**	詞義	**憂慮**

2. 鉞（歸鉞）數困，匍匐道中。

文言詞組	「匍匐道中」	文言字詞	道
詞組結構	**中補結構**	詞義	**在路上**

3. 是益其弊而厚其疾也。

文言詞組	「厚其疾」	文言字詞	厚
詞組結構	**動賓結構**	詞義	**使……惡化**

練習 6

1. 楚莊王之時，有所愛馬，**衣以文繡**，置之華屋之下，席以露床，啗以棗脯。
   文言語序：狀語後置；語譯：給愛馬穿上華麗的衣裳

2. 古之人不**余欺**也。
   文言語序：賓語前置；語譯：欺負我

3. 明有奇巧人曰王叔遠，能以徑寸之木為宮室，嘗貽余**核舟一**，蓋大蘇泛赤壁雲。
   文言語序：定語後置；語譯：一個用桃核雕刻成的小船

4. **未休關西卒**。
   文言語序：謂語前置；語譯：關西士兵還未停止徵調服役

練習 7

1. 永州之野產異蛇，（異蛇）黑質而白章；（異蛇）觸草木，（草木）盡死；（異蛇）以齧人，無禦之者。
2. 願為（父親）市鞍馬，從此替爺征。
3. 子路從而後，（子路）遇丈人，（丈人）以杖荷蓧。

練習一 《蝜蝂傳》

一、

1.就	2.如果	3.流放	4.改正	5.更加／愈益

二、

評改準則：能譯重點詞語就能得分。

1. 蝜蝂是（1分）一種喜愛（1分）背東西（1分）的小蟲。
   （此為文言文常見的判斷句式。）

2. 天天想着提高（1分）自己的地位，加大（1分）自己的俸祿（1分）
   （高及大本為形容詞，此處運用了詞類活用的原則，將形容詞轉為動詞。）

三、

正確。

前句：原文指「雖其形魁然大者也，其名人也」，意指雖然人類的外形龐大，故陳述正確。

後句：「而智則小蟲也。」，但智慧就跟小蟲沒有分別，故陳述正確。

四、

	蝜蝂	嗜取者
貪得無厭	蝜蝂在爬行時遇到物品，就會拿過來，抬頭揹着它們。（1分）東西越來越重，牠即使很疲倦，但仍不停止。（1分）	貪官們見到錢財就據為己有，用來填滿他們的家產，（1分）不但不知道財貨已成為自己的負擔，還只怕財富積聚得不夠。（1分）

	蝜蝂	嗜取者
貪戀高位 （2分）	蝜蝂喜歡向高處爬（1分），用盡了氣力都不肯停下，最終墜地致死（1分）。	貪官們天天想着如何提高自己的地位。
不知悔改 （2分）	當蝜蝂背部負荷過重，被背上的東西壓倒時，有人會因可憐牠而幫牠移去背上的東西，（1分）但當牠能爬行，牠又會像以往一樣拿東西放在背上。（1分）	貪官們因一時疏忽而被罷官，或被罰流放到邊遠地區，令他們十分痛苦。（1分）但一旦他們被重新起用，又不知悔改，變得越來越貪心，（1分）面臨着從高處跌下的危險，看見前人滅亡亦不引以為戒。（1分）

五、

1. 寓言故事的結構簡短，使富有教訓意義的主題或深刻的道理（1分）在簡單的故事中體現，使故事更有趣味（1分）。

2. 本文運用蝜蝂的特性去諷刺官場的腐敗，使深刻的道理能在簡單的故事中呈現出來，發人深省。（2分）蝜蝂這種小蟲有的特性與腐敗的官員特徵是相似的。本文藉蝜蝂「善負物」的特性去批評官員的「貪得無厭」（1分），又（標示語）以蝜蝂「喜爬高」的特性去抨擊當時官員戀棧權位（1分），最後（標示語）更以「持取如故」的行為去諷刺官員的「不知悔改」（1分）。

六、

1. 都
2. 疲乏

七、

1. 本文的溺水者因不肯捨棄錢財而導致他滯後，即使有同伴勸他捨棄錢財，他也不為所動，甚至死前也不思悔改，最終溺死。（2分）本文藉溺水者的行為去諷刺了世上嗜錢如命的人，並進而警告這些貪財好利的人，如果不懸崖勒馬，就只會落得身敗名裂的下場。（2分）

2. 溺死者與《蝜蝂傳》的官員有以下的相似點。首先，（標示語）溺死者跟《蝜蝂傳》的官員都是貪財之人，溺死者因不肯捨棄錢財而失去性命，可見他視財如命；《蝜蝂傳》的官員看到錢財就據為己有，用來填滿自己的家產，還恐財富積累的不夠多，可見（歸納詞）兩者都是貪婪的人。（2分）然後，（標示語）溺死者跟《蝜蝂傳》的官員都是死不悔改的人，溺死者死前仍不肯扔棄其錢財，甚至不覺得自己做錯；《蝜蝂傳》的官員一有機會復職，便故態復萌，甚至變得越來越貪心，可見（歸納詞）他們都不知悔改。（2分）

   然而，溺死者與《蝜蝂傳》的官員亦有不同的地方。《蝜蝂傳》的官員戀棧高位，天天想着如何提高自己的地位；但溺死者則沒有這個特點。（2分）

3. 同學自己作答，答案合理即可。

   例子：我認為當官的人要廉潔奉公（1分），他們不能貪取百姓的錢財以填滿自己的家產（1分），更不能貪戀高位，不做實事，要盡忠職守，為國家辦事（1分）
   （建議學生緊扣文本帶出的道理作答。）

白話語譯

《蝜蝂傳》

蝜蝂是一種善於揹東西的小蟲。當牠在爬行中遇到東西，總是會把東西抓過來，然後抬起頭，把東西揹在身上。即使揹的東西愈來愈重，讓牠疲累不堪也不會停止。牠的背部並不平滑，因此，東西積在上面不會散落，最終牠就會被東西壓倒，爬不起來。有人可憐牠，替牠去掉背上的東西，如果牠又能爬行，就會像以前一樣把東西抓過來揹。牠還喜歡爬高，用盡力氣也不停止，直到掉在地上摔死為止。

現今世上那些貪得無厭的人，碰到財物絕不放過，不斷用來累積家產，一點都不知道會造成自己的負累，只擔心財產累積得不夠多。等到他們鬆懈受挫時，或是被罷去官職，流放邊地，才覺得痛苦不堪。可是，一旦他又有機會得勢，就故態復萌。天天只想爬到更高的地位，增加更多俸祿，貪取更多財物，以致於面臨從高處摔下來的危險，看到前人因貪財而喪命的例子，卻不知道引以為誠。雖然這種人的形體魁梧高大，名義上是人。但他的見識眼光卻與蝂蝜這種小蟲差不多。像這種人也真夠可悲啊！

《哀溺文序》

永州的百姓都善於游泳。一天，河水上漲的厲害，有五六個人乘着小船橫渡湘江。渡到江中時，船破了，船上的人紛紛游水逃生。其中一個人盡力游泳但仍然游不了多遠。他的同伴們說：「你最會游泳，現在為甚麼落在後面？」他說：「我腰上纏着很多錢，很重，所以落後了。」同伴們說：「為甚麼不丟掉它呢？」他不回答，搖搖他的頭。一會兒，他更加疲乏了。已經游過河的人站在岸上，又呼又叫：「你愚蠢到了極點，蒙昧到了極點，自己快淹死了，還要錢財幹甚麼呢？」他又搖搖他的頭。於是就淹死了。

練習二 《曹劌論戰》

一、

1. 參與	2. 目光短淺	3. 普及	4. 於是／就	5. 戰勝

二、

評改準則：能譯重點詞語就能得分。

1. 大大小小的案件（1分），雖然不能一一查清（1分），但會按照實情（1分）來判斷。

2. 第一次擊鼓能振作士氣（1分），第二次士氣就衰弱了（1分），到了第三次士氣就衰竭了（1分）。

三、

部分正確。

當魯莊公指出「小大之獄，雖不能察，必以情」，曹劌回答「忠之屬也。可以一戰」，認為魯莊公做了本份，因而可以一戰，可見前者的陳述正確。而曹劌在最後一段指出齊人三鼓後，「彼竭我盈，故克之」，表示認為士氣高漲是其獲勝的原因，故後句陳述屬不正確。

四、

1. B

魯莊公處理一切訟案刑獄時，均以實情去處理，公平公正，全心全

意為人民做事。所以國家有事，人民都會全力支持他，符合選項一的陳述。莊公不嫌曹劌身份低微，與他討論作戰條件，並允許他隨軍出戰，作戰時更聽從曹劌的指揮，讓他發揮卓越的軍事才能，結果擊敗齊軍，符合選項二的陳述。而選項三中，文中沒有描述齊軍的力量，故無從判斷。曹劌深知士氣是作戰時決定勝負的關鍵，當齊軍擊鼓進攻時，魯軍按兵不動，保存士氣。直到齊人已擊打三鼓，齊軍士氣已經竭盡，魯軍便把握「彼竭我盈」的有利時機，一鼓而戰擊退齊軍，符合選項四的陳述。

2. D

曹劌雖然是個平民，但他心繫國務，不理鄉人的勸阻，主動進見莊公，並同赴戰場抗敵，可見他的愛國之心，符合選項一的陳述。當齊軍敗退逃走，曹劌並不急於追趕，以防有詐。待他下車看過齊軍的車轍混亂，確定敵人真的潰敗，才揮軍追擊，可見他是個謹慎之人，符合選項二的陳述。曹劌深諳軍事之道，懂得採用「彼竭我盈」的策略，令齊軍不堪一擊，符合選項三的陳述。從曹劌詢問魯莊公參戰的條件中，可見他深明人民的支持對戰爭的勝負有重大的影響，突顯他的政治卓見，符合選項四的陳述。

五、

1.

魯莊公	魯莊公決定與齊國一戰，但從他回答憑藉甚麼條件參戰的問題中，可見他不清楚參戰的決定性條件。（2分）
高官	高官都目光短淺，未能提供深遠的見解。（2分）
老百姓	老百姓認為只有高官及國君需要操心國事，不問朝政。（2分）

2.

魯莊公可以一戰的條件	曹劌對此的看法
他把衣食等生活用品分給別人，不敢獨自享受。 （1分）	曹劌認為將衣食用品分給別人，只惠及莊公身邊的近臣親信，屬於小惠，未能遍及全國民眾，所以難以取得人民的支持。 （2分）
他在祭祀時所用的牲畜、玉器、絲織品等祭品的數目，不敢虛報誇大，一定如實地稟告神明。 （1分）	曹劌認為在祭祀時不虛報祭品的數目，只是小小的誠信，未能因此獲得神靈的庇佑。 （2分）
他對於大大小小的案件，雖然未能一一查清，但必定根據實情去處理。 （1分）	曹劌認為莊公根據實情去處理大小訴訟案件，是盡心盡力為人民做的事情，必能得到人民的支持，莊公可以憑藉這個條件與齊國打仗。 （2分）

六、

1. 作者在文中記述鄉人與曹劌的對話有兩個作用。（主題句）首先，（標示語）借鄉人對國事冷漠，反映當時老百姓的自私，他們認為不在其位，便不謀其政，反襯出曹劌心繫國家及其愛國心。（2分）然後，（標示語）借鄉人與曹劌的對話，說明當時魯國的大官眼光短淺，見識淺薄，不能為國家作深遠謀略的事實。（2分）

2. 本文運用魯莊公在軍事及政治上的平庸去襯托曹劌在這兩方面的優越。（主題句）首先，魯莊公不諳軍事，在齊軍剛撤離時，他已想追上去乘勝追擊，不如（比較詞）曹劌般小心謹慎，會檢查清楚地上的車轍以確認沒有埋伏。（1分）大敗齊軍後，魯莊公對獲勝的原因不明所以，要曹劌向他解釋齊人三鼓之計（1分），可見曹劌對軍事的認識遠在魯莊公之上（比較句＋總結）。（1分）

然後，魯莊公亦沒有政治遠見，他一心與齊軍一戰，但當曹劌詢問他可以與齊國一戰的條件時，他並不清楚（1分），相反（比較詞），曹劌充分瞭解到魯莊公「為人民盡心，以實情查核案件」是令魯莊公得民心的原因，可見魯莊公政治見識不及曹劌（比較句＋總結）。（1分）

3. 魯莊公是個盡心為國，而且重用人材的國君。（主題句）首先，他雖為一國之君，要處理的國事多不勝數，但他亦會以實情去治理大大小小的案件，可見他盡心為國。（2分）（分項描述）然後，曹劌乃一介平民，魯莊公貴為國君仍肯接見他。發現他的才能後，又不介意他的平民身份，讓他指揮軍隊，作戰時又聽從他的建議，可見他重用人材。（2分）（分項描述）

4. 同學自己作答，答案合理即可。
   例子：我會動之以情，曉之以理。（1分）首先，我會以愛國的情懷去打動他們，讓他們報效國家，守護國土。（1分）然後，我會向他們分析戰敗對國家及至個人的影響，讓他們為了保護自身的利益而為國效力。（1分）

七、

1. 引文反映了范仲淹「先天下之憂而憂，後天下之樂而樂」的治國理念。（1分）他認為要在天下人擔憂之前就憂慮國事，在天下人快樂之後才放寬心。（1分）

2. 他們同樣有強烈的愛國心。（1分）曹劌雖是一介平民，但卻關心國事，主動求見國君，為國家出謀獻策，更跟隨國家征戰沙場，為國效力，反映（歸納詞）他愛國之情。（總結）（2分）

范仲淹有「進亦憂，退亦憂」的治國抱負，意指在朝廷任官時就為國民操心，在民間時則為國君擔心，無論何時何地都心繫國家政務，可見（歸納詞）他愛國之心。（總結）（2分）

白話語譯

《曹劌論戰》

魯莊公十年，齊國派軍隊攻打魯國。魯莊公即將迎戰。曹劌請求莊公接見。他的同鄉說：「當官的人會謀劃這件事的，你又為何要參與進去呢？」曹劌說：「當官的人目光短淺，不能深謀遠慮。」於是入朝觀見。曹劌問：「大王您憑甚麼來作戰？」莊公說：「衣服食物這些東西，我從不敢獨自享有，一定會拿來分給大家。」曹劌說：「小恩小惠不能普及，人民不會跟從你的。」莊公說：「用來祭神的牛、羊、豬、絲織品等的數目從不敢虛報，對神一定說實話。」曹劌說：「這只是小信用，不能被人神所信服，神是不會賜福給你的。」莊公說：「大小案件，即使不能一一查清，也會按照實情來判斷。」曹劌說：「這是盡了本職，可以憑此來作戰，如果作戰，請允許我跟隨。」

莊公與他同坐一輛戰車，在長勺擺開了陣勢。莊公將要擊鼓命令進軍，曹劌說：「還不行。」齊國的軍隊三次擊鼓命令軍隊出擊，曹劌說：「現在可以了。」齊國的軍隊大敗。莊公將要驅車追趕齊軍，曹劌說：「還不行。」他下車觀察齊軍戰車的車輪痕跡，又登上車子前面的橫木向遠處眺望，說：「可以追擊了。」於是莊公下令追擊齊軍。

戰勝後，莊公問他原因。曹劌說：「作戰，靠的是勇氣。第一次擊鼓能振作士氣，第二次士氣就衰弱了，到了第三次士氣就衰竭了。齊軍士氣衰竭，我軍士氣正旺盛，所以我們戰勝。他們是大國，很難推測，恐怕他們有埋伏。我見他們的車輪痕跡很亂，旗子也倒下了，所以才下令追逐他們。

《岳陽樓記（節錄）》

唉！我曾經探討古代仁者的心思，和遷客、騷人兩者的行徑有所不同，怎樣呢？不因身外之物而高興，不因個人遭遇而悲傷。身居朝廷高位，就憂慮他的人民；身處民間邊地，就憂慮他的國君。正是進也憂慮，退也憂慮；這樣的話，那要到甚麼時候才快樂呢？他一定説：「在天下人還沒憂慮之前就先憂慮，在天下人都快樂之後才快樂」吧！啊，如果沒有這種人，我要去跟從誰呢！

練習三《公孫弘詐而不實》

一、

| 1. 爭辯 | 2. 喜悦 | 3. 背棄 | 4. 同意 | 5. 親近的 |

二、

評改準則：能譯重點詞語就能得分。

1. 齊人大多欺詐 / 狡猾（1分）而不忠誠（1分）老實（1分）

三、

正確。

前句：原文指公孫弘「推其後」，即指他在汲黯提出問題後再作補充延伸，故陳述正確。

後句：原文指武帝在聽過公孫弘的諫言後「常説」，「説」通「悦」，即喜悦的意思，反映武帝因公孫弘的諫言大悦。

四、

1. 因為汲黯曾與公孫弘先商議好諫言，然後再與武帝進言（1分），但弘卻違背約定，只說出討好武帝的話。（1分）

2. 武帝是個偏聽偏信的君主。（1分）公孫弘的諫言或建議合他的心意，令他大悅，他就厚待公孫弘，可見（歸納詞）他喜歡他人迎合討好，是個偏聽偏信的君主。（2分）

3. 只要有合理的理據，兩者均可。

   我會選公孫弘，因為他十分尊重武帝。他與武帝有意見不合時，他不會在廷上與他爭辯，而是私下再勸導，可見（歸納詞）他注重武帝的君威。而且，他的意見常與武帝心中所想的治國理念一致，重用他能令做事更事半功倍。（3分）

   或

   我會選汲黯，因為他是個正直的人。他明知武帝寵信公孫弘，但仍不惜向他進諫，指出公孫弘的缺點，可見（歸納詞）他直言不諱。而且，他不會因要迎合武帝心意要對他阿諛奉承，重用他可防止君主獨行獨斷。（3分）

五、

1. 蒙蔽

六、

1. 魏徵認為人君要聽取多方面的意見，才能明辨是非，（1分）如堯會向民眾瞭解情況，舜會眼看、耳聽多方的話。（1分）

2. 不是。（1分）魏徵認為人君要聽取多方面的意見，但武帝偏聽偏信（1分），只喜歡聽取迎合他意的話，只信任公孫弘，可見（歸納詞）他做不到聽取多方面的意見。（1分）

3. 魏徵。（1分）魏徵對唐太宗知無不言，直諫不違。（1分）他對太宗分析偏聽偏信的弊處，引導唐太宗的施政走上正途。（1分）相反，（比較詞）公孫弘為迎合上意，只對武帝説他愛聽的話（1分），更不惜違背與同僚的約定，沒有匡扶君主走上正途。（1分）

白話語譯

《公孫弘詐而不實》

公孫弘上奏，遇到武帝不同意時，不會在朝廷上爭辯。他常與汲黯請求單獨召見，先由汲黯提出問題，後由公孫弘進一步補充。武帝經常聽得很高興，所提的建議都加以採納，因此公孫弘越來越得到武帝的親近和重用。公孫弘曾經和公卿商定某一問題的處置意見，到了武帝面前，他卻完全背棄了原來的約定，而迎合武帝的心意。汲黯當即在朝廷上批評公孫弘説：「齊人大多欺詐而不忠誠老實；他開始和我們一道商定此條建議，現在卻全都背棄了，這是不忠！」武帝責問公孫弘。公孫弘謝罪説：「瞭解我的人，認為我忠；不瞭解我的人，認為我不忠。」武帝認為他説得對。武帝身邊的親信經常詆毀公孫弘，武帝對他卻更加優待。

《資治通鑑‧唐紀》（節錄）

有一次，唐太宗曾向魏徵問道：「何謂明君、暗君？我作為一國之君，怎樣才能明辨是非，不受蒙蔽呢？」魏徵回答説：「要成為明君，就要聽多方面意見；若要成為暗君，就要偏信。以前秦二世居住深宮，不見大臣，只是偏信宦官趙高，直到天下大亂，自己還被蒙在

鼓裏;隋煬帝偏信虞世基,天下郡縣多已失守,自己也不得而知。由此可見,作為國君,只聽一面之詞就會糊裏糊塗,常常會作出錯誤的判斷。只有廣泛聽取意見,採納正確的主張,才能不受欺騙,下邊的情況您也就瞭解得一清二楚了。」唐太宗對這番話深表贊同。

實詞篇

練習 8

1. 河海不擇細流,故能**就**其深。
   詞性:動詞;詞義:成就

2. 竭忠盡智以事其君,讒人**間**之,可謂窮矣。
   詞性:動詞;詞義:離間

3. 舍人相與諫曰:「臣等不肖,請辭去。」藺相如**固**止之,曰:「公之視廉將軍孰與秦王?」
   本義特徵:加強、牢固;詞義:堅決

4. 伊尹**相**湯,以**王**於天下。
   (相)本義特徵:觀望、察視;詞義:輔助
   (王)本義特徵:最高統治者;詞義:統治

5. 若夫慈愛、恭敬、**安**親、揚名,則聞命矣。
   詞義:安養 / 照顧 / 服侍

6. 天下之欲**疾**其君者,皆欲赴愬於王。
   詞義:厭惡、痛恨

7. 予猶記周公之被逮,哭聲震動天地。緹騎按劍而前,問「誰為哀者?」眾不能**堪**,抶而撲之。
   詞義:忍受得住

8. 秦王貪狼暴虐,殘賊天下,窮困萬民,以**適**其欲也。
   詞義:滿足

練習 9

1. 驢不勝怒，蹄之。虎因喜，計之曰：「技止此耳。」
詞義：用啼子踢

2. 若闕地及泉，隧而相見，其誰曰不然？
詞義：挖隧道

3. 魏其侯竇嬰者，孝文后從兄子也。父世觀津人。喜賓客。
詞義：招待賓客

4. 力生於德，天下無敵。夫力非吾力也，人各力其力也。
詞義：發揮

練習 10

1. 孝文時，嬰為吳相。孝景初即位，為詹事，後薄其官，因病免。
詞義：嫌官階低 / 官職小

2. 蘇秦曰：「嗟乎！貧窮則父母不子，富貴則親戚畏懼。」
詞義：不把自己當作兒子

3. 失時不雨，民且狼顧。
詞義：像狼般反覆回望

4. 田單乃起，引（卒）還，東鄉坐，師事之。
詞義：以對待老師的態度來侍奉他

5. 君王之於越也，繄起死人而肉白骨也。
詞義：使白骨長肉

6. 父曰：「履我！」良業為取履，因長跪履之。
詞義：為 / 替我穿上鞋子

練習 11

1. 項伯殺人，臣活之。
   詞義：救活

2. 天下已平，高祖乃令賈人不得衣絲乘車，重租稅以困辱之。
   詞義：使他們財困，以束縛或羞辱他們

3. 去仁愛，專任刑法，而欲以致治；至於殘害至親，傷恩薄厚。
   詞義：親厚的人

4. 石聞堅在壽陽，甚懼，欲不戰以老秦師。
   詞義：使前秦的軍隊士氣衰竭

5. 宋有富人，天雨牆壞，其子曰：「不築，必將有盜。」其鄰人之父亦云。暮而果大亡其財，其家甚智其子，而疑鄰人之父。
   詞義：誇讚

練習 12

1. 苟以天下之大而從六國破亡之**故事**，是又在六國下矣。

故事	
今義	古義
以敘述的方式向觀眾表達，多是虛擬事情	先例或舊事

2. 率**妻子**邑人來此**絕境**。

妻子	
今義	古義
婚姻中男性對配偶的稱呼	妻子及兒女

絕境	
今義	**古義**
沒有出路的境地	與外界隔絕的地域

3. 屈原至於江濱，被髮行吟澤畔。顏色憔悴，<u>形容</u>枯槁。

形容	
今義	**古義**
描述事物的性質或形象	形體和容貌

4. 問今是何世，乃不知有漢，<u>無論</u>魏晉。

無論	
今義	**古義**
連詞，表示即使條件轉換，結果終究不變	更不用説、遑論

5. 有蔣氏者，專其利三世矣。問之，則曰：「吾祖死<u>於是</u>，吾父死於是，今吾嗣為之十二年，幾死者數矣。」

於是	
今義	古義
連詞，承接結果	在這裏

1. 壽畢，請以劍舞，因擊沛公於坐，殺之。<u>不</u>者，若屬皆且為所虜。

通假字	本字	字義
不	否	否則

2. 吾輩讀書人，入則孝，出則<u>弟</u>，守先待後，得志，澤加於民。

通假字	本字	字義
弟	悌	敬愛兄長、順從長上

3. 負者歌於<u>塗</u>，行者休於樹，前者呼，後者應。

通假字	本字	字義
塗	途	路途

練習 14

1. <u>頒</u>白者不負戴於道路矣。

通假字	本字	字義
頒	斑	（色）斑白

2. 旦日不可不<u>蚤</u>自來謝項王。

通假字	本字	字義
蚤	早	早

3. 嶺嶠微草，凌冬不雕。

通假字	本字	字義
雕	凋	凋謝、衰落

練習四《小時了了》

一、

1. 大的	2. 才	3. 亦

二、

評改準則：能譯重點詞語就能得分。

1. 李元禮和他的那些賓客沒有（1分）不（1分）對他的話感到驚奇（1分）的。

2. 別人就把孔文舉（1分）說的話（1分）告訴（1分）他

三、

錯誤。

前句：原文指「昔先君仲尼與君先人伯陽」，即我的先祖仲尼與你（元禮）的先人伯陽，因此伯陽是元禮的先祖，故陳述錯誤。

後句：原文指「昔先君仲尼與君先人伯陽，有師資之尊」，即我的先祖仲尼與你（元禮）的先人伯陽有師生關係，因此不是指孔文舉與元禮有師生關係，故陳述錯誤。

四、

1. 這句話指即使小時候很聰明，長大後卻未必優秀。（2分）因為陳韙以這句話諷刺孔文舉即使現在聰明伶俐，長大後也未必如是，故孔文舉以陳韙的話去反諷陳韙小時必定很聰明，意指陳韙現在沒有智慧。（2分）

2. 孔文舉是個機靈的人。（1分）他年紀輕輕，但思考靈活快捷，懂得運用陳韙諷刺自己的話去反諷他現在愚蠢。（2分）

   陳韙是個自作聰明的人。（1分）他聽到別人對孔文舉的讚美後不以為然，主動諷刺孔文舉，欲令他難堪，結果反遭諷刺。（2分）

3. 類比論證，透過兩樣事物的共同點，從而推論出相同的結果。（1分）

   孔文舉指先祖仲尼與李元禮先祖伯陽有師生關係，（1分）故自己是仲尼後代與仲尼是一相似點，元禮為伯陽後代與伯陽亦有相似點，（1分）從而推論出與師生關係相類的結論：他與元禮亦累世通好。（1分）

4. 只要有合理的理據，兩者均可。

   會。陳韙年紀較大，是孔文舉的長輩，古人重視長幼有序；因此即使他不同意陳韙的話，也不應出言諷刺。（3分）

   或

   不會。原先孔文舉沒有絲毫對陳韙有不禮貌的行為，但陳韙卻無緣無故諷刺孔文舉，可見他無禮在先，故孔文舉用他的話去諷刺他亦無不可。（3分）

5. 同學自己作答，答案合理即可。

   例子：我會針對陳韙所指的我現在聰明去回應，先禮貌地感謝他的稱讚，並且請陳韙在我長大後再判斷我屆時聰明與否，請他拭目以待。（3分）

五、

1. 因能更突顯他的早熟和聰慧，（1分）他只有七歲，卻能有條不紊地指出父親的友人無信無禮。（1分）

2. 他先（標示語）從無信的部分去回應父親友人。（1分）他指出父親友人不守時，是為無信的表現。（1分）然後，（標示語）他從無禮的部分去回應父親友人。（1分）他指出父親友人對着兒子去罵他的父親，行為十分無禮。（1分）

3. 同學自己作答，答案合理即可。

   例子：會，因為現今的教育講求多元化發展，以啟發學生不同的潛能，故元方及孔文舉能從小被培養，發掘他們不同的長處。（2分）此外，（標示語）現今的教育亦講求批判性思考，元方及孔文舉才思敏捷，邏輯思考能力佳，故能適應現在的教育。（2分）

白話語譯

《小時了了》

孔文舉十歲的時候，跟隨父親到洛陽。那時李元禮名氣很大，擔任司隸校尉的職務。到他家去的人，都是些才智出眾、有名譽的人或是親戚才去通報。孔文舉到了他家門前，對看門的官吏說：「我是李元禮的親戚。」通報了以後，上前坐下來。李元禮問：「你和我有甚麼親戚關係？」孔文舉回答說：「從前我的祖先孔子曾經拜您的祖先老子為師，所以我和您是世代通好。」李元禮和他的那些賓客沒有不對他的話感到驚奇的。太中大夫陳韙後來才到，別人就把孔文舉說的話告訴給他聽，陳韙說：「小的時候很聰明，長大了未必很優秀。」孔文舉說：「我猜想你小時候一定很聰明吧！」陳韙聽了局促不安。

《世說新語（無信無禮）》

陳太丘和朋友相約出遊，過了約定的時刻，朋友還是沒來，太丘不等他而先走了。友人不見陳太丘便問元方：「尊大人在家嗎？」元方回答：「等你很久不見，他已經走了。」友人生氣答道：「真不是人！約好一起去的，卻拋下別人先走。」元方不以為然說：「你和家父約好中午一起走，到了中午卻不來，是不講信用。當着兒子的面謾罵父親，更是沒有禮貌。」友人慚愧，下車想拉陳元方的手，元方逕自入門不理他。

練習五《晏子使楚》

一、

1.既然如此	2.出使	3.善於辭令	4.犯罪	5.戲弄／開玩笑

二、

1. 古義：果實　　今義：實在

2. 古義：羞辱　　今義：疾病

三、

評改準則：能譯重點詞語就能得分。

1. 齊國人本來（1分）就善於（1分）偷竊（1分）嗎？

2. 莫非（1分）楚國的水土使得老百姓善於（1分）偷竊（1分）嗎？

四、

無從判斷。

前句：晏子雖說「嬰最不肖，故宜使楚矣」，但這只是諷刺楚王的回應，並非真實原因，真實原因無從得知，故為無從判斷。

後句：雖原文指「得無楚之水土使民善盜耶？」，但只是晏子推測他犯罪與楚國風氣有關，文章並沒有交代這囚犯盜竊的原因，故為無從判斷。

五、

1. A

此處運用了演繹論證，演繹論證一般以「三段論」式進行推論，先有大前提，然後需要判定的事物符合小前提，最後結論就是與大前提相同。此處舉一個簡單的例子：

　　大前提：凡是人都會犯錯。

　　小前提：聖人是人。

　　∗∗∗ 結論：聖人會犯錯。

而晏子對門衛說的話則有以下的三段論：

　　大前提：出使狗國才會在狗洞進去。

　　小前提：出使楚國即是出使狗國。

　　∗∗∗ 結論：出使楚國要從狗洞進去。

晏子用演繹論證法，逼使門衛要先承認楚國為狗國事實，然後他再從狗洞進門，讓門衛不得不知難而退。

2. A

排比:「張袂成陰,揮汗成雨,比肩繼踵而在」,有三項相似的句式,可見是排比。

誇張:「張袂成陰,揮汗成雨,比肩繼踵而在」,汗水多得如雨水,大家擁抱得一點空間也沒有,可見是誇張法。

比喻:「張袂成陰,揮汗成雨」,當中的「成」是就是繫詞,即指齊人甩一把汗,就是一陣雨,可見是暗喻法。

六、

1.

	淮南的橘子	淮北的枳子
本義	淮南:齊國(2分) 橘子:善良的齊國人(2分)	淮北:楚國(2分) 枳子:變質的齊國人(2分)

2.

	性格	舉例說明
晏子	能言善辯 (2分)	楚王在宴會上,試圖用齊國囚犯去羞辱晏子,但他反應十分敏捷,用類比論證法去指出楚國的水土只能種出苦的枳子,反諷楚國的風氣不好。(3分)
楚王	自作聰明 (2分)	楚王與他的親信早有預謀地,想在宴會時安排齊國囚犯經過,藉此去羞辱晏子。怎料卻被晏子三言兩語化解,還反被他諷刺自己治國無方,楚國風氣敗壞。(3分)

七、

1. 演繹論證。（1 分）晏子的話有一大前提，就是下等的使臣就會到下等的國家出使。（1 分）而晏子自貶自己為下等的使臣，故他要到下等的國家出使，（1 分）暗指楚國就是下等的國家。（1 分）

2. 水土是指風氣。（1 分）

   晏子先用比喻的方法，指出淮南會種出甜甜的橘子，淮南的本體是齊國，而甜甜的橘子的本體是善良的齊國人；（1 分）再指出淮北只會種出苦的枳子，淮南的本體是楚國，而苦的枳子的本體是變質的齊國人（1 分），其後指出種出不同的水果是因為水土不同的緣故。之後，他再用類比論證的方法，引伸指出齊國人在齊國會善良，而齊國人在楚國則會變壞，是因風氣不同之故。（2 分）

3. 只要有合理的理據，兩者均可。

   合適。出使的使臣代表着國家的體面，是不容冒犯的，但楚王卻想藉齊囚去打擊晏子，從而令齊國失去顏面，故晏子有必要在宴會這種公開的場合上反擊，讓他人知道齊國的國威是不容侵犯的。（3 分）

   或

   不合適。宴會是比較輕鬆的場合，晏子的反擊頓時令氣氛變得尷尬，冒犯了楚王的君威，不利兩國交好。（3 分）

4. 透過敍述晏子出使楚國，挫敗楚王挑釁的三件事例，（1 分）表現了晏子機智善辯的一面，（1 分）諷刺了楚王的自作聰明，（1 分）帶出侮辱別人的人最終必定受辱於人，自討沒趣。（1 分）

八、

1. 對……說	2. 返回	3. 罷免

九、

1. 類比論證。（1分）孟子從生活的事例入手，指出如果友人不能做到他所答應的事，就和他絕交。（1分）引伸到官員如果不能管理好他的下屬，就應罷免他。（1分）最後，就推展到齊宣王身上，指出若然國君不能好好治理國家，推論出的結論應是廢黜他。（2分）

2. 只要有合理的理據，兩者均可。

   晏子。因為他能以強硬的態度反擊楚王，顯示齊國的立場及威嚴，保護國家的顏面。相反，（比較詞）孟子的態度則不夠晏子堅定，他只是以間接的方式去暗示齊宣王，難以達到勸諫之效。（3分）

   或

   孟子。因為他能以類比的方式去勸諫齊宣王，不直接指出齊宣王的不當之處，顧及齊宣王的顏面，以旁敲側擊的方法勸導他，成效更大。相反，晏子的態度過於強硬，直接反諷楚王，或者觸犯聖顏，影響兩國的邦交。（3分）

3. 同學自己作答，答案合理即可。

   例子：

   晏子是個能言善辯，邏輯性強的人，故我認為他能在現世做律師，善用他的口才去為受害人申訴，説服法官，又能運用其邏輯思維分析案情，有助其在庭上發揮。（3分）

白話語譯

《晏子使楚》

晏子出使楚國。楚王知道晏子身材矮小，在大門的旁邊開一個五尺高的小洞請晏子進去。晏子不進去，説：「出使到狗國的人才從狗洞進去，今天我出使到楚國來，不應該從這個洞進去。」迎接賓客的人帶晏子改從大門進去。晏子拜見楚王。楚王説：「齊國沒有人嗎？竟派你做使臣。」晏子回答説：「齊國首都臨淄有七千多戶人家，展開衣袖可以遮天蔽日，揮灑汗水就像天下雨一樣，人挨着人，肩並着肩，腳尖碰着腳跟，怎麼能説齊國沒有人呢？」楚王説：「既然這樣，為甚麼派你這樣一個人來做使臣呢？」晏子回答説：「齊國派遣使臣，各有各的出使對象，賢明的使者被派遣到賢明的君主那兒，不肖的使者被派遣到不肖的君主那兒，我是最無能的人，所以就只好下出使楚國了。」

晏子將要出使楚國。楚王聽到這個消息，對手下的人説：「晏嬰是齊國善於言辭的人，他將要來了，我想羞辱他，有甚麼辦法呢？」左右的人回答説：「在他來的時候，請允許我們綁一個人從大王您面前走過。」大王問：「是甚麼國家的人？」左右的人回答説：「是齊國人。」大王説：「他犯了甚麼罪？」左右的人説：「犯了偷竊罪。」

晏子到了，楚王賞賜晏子酒，喝得正高興的時候，兩個官吏綁着一個人走到楚王面前。楚王問：「綁着的人是甚麼國家的人？」近侍回答説：「他是齊國人，犯了偷竊罪。」楚王瞟着晏子説：「齊國人本來就善於偷竊嗎？」晏子離開座位回答説：「我聽説這樣的事：橘子生長在淮河以南就是橘子，生長在淮河以北就變成枳了，只是葉子的形狀相像，它們果實的味道不同。這樣的原因是甚麼呢？是水土不同。現在老百姓生活在齊國不偷竊，到了楚國就偷竊，莫非楚國的水土使得老百姓善於偷竊嗎？」楚王笑着説：「聖人不是能和他開玩笑的人，我反而自討沒趣了。」

《孟子‧梁惠王下》

孟子對齊宣王說：「（假如）大王有一位臣子，將妻子兒託付給朋友，自己到楚國去遊歷。到了他回來的時候，他的朋友卻使他的妻子兒女挨餓、受凍，那麼對他怎麼辦？」

齊宣王說：「和他絕交。」

孟子說：「（假如）司法官不能管理好他的下屬，那麼對他怎麼辦？」

齊宣王說：「罷免他。」

孟子說：「一個國家沒有治理好，那麼對他（君王）怎麼辦？」

齊宣王環顧周圍的大臣，把話題扯到別的事情上了。

練習六《韓信受辱》

一、

1. 德行	2. 討厭	3. 煮食	4. 準備	5. 調動

二、

評改準則：能譯重點詞語就能得分。

1. 沒有甚麼善行可以推選（1分）做官，又不會做生意（1分）維持生活（1分）

2. 那時（1分）他侮辱（1分）我，我難道（1分）不能殺他嗎？

三、

正確。

前句：原文指「（信）常數從其下鄉南昌亭長寄食，數月，亭長妻患之」，意即亭長妻子在韓信來寄食了數月之後，妻子就很討厭他，故陳述正確。

後句：原文指「不為具食」，即指亭長妻子不再為他準備食物，故陳述正確。

四、

	事例
懶散 （2分）	韓信既做不了官，又不去做些小買賣養活自己，到處蹭飯吃，終日無所事事。
以德報怨	亭長一家當日不肯再為韓信準備飯菜，但韓信在發跡以前也沒有記恨他們，還賞錢他們百錢，以報當時的恩情。此外，當日讓他慘受袴下之辱的人，韓信非但沒有為難他，還讓他任中尉，以德報怨。（3分）

五、

1. 韓信後來與將士指出，當時他不是不能殺了那個讓他受辱的人，但當時卻沒有名目殺他，自己勢弱，於是才忍住。（2分）

2. 這反映了韓信能屈能伸的性格。（1分）當他處於下風時，他能忍受袴下之辱，但卻沒有磨蝕自己的意志，他仍堅守志向。（1.5分）當機會來到時，他能好好把握，發揮所長，擔任將軍為劉邦上陣殺敵，才有了當時的成就。（1.5分）

3. 同學自己作答，答案合理即可。

   例子：

   我會懲罰那個讓我受辱的人，但並非要為自己出氣，而是要讓他知道自己所犯下的過錯，令他時刻警惕，不要再犯。（3分）

4. 首先（標示語），他能審時度勢，當形勢對自己不利時，他不會挑起事端，苦苦啞忍，靜候機會的到來，然後再一展自己的抱負，發揮所長。（2分）同時（標示語），他是個寬容的人，他選擇原諒曾經讓他遭受袴下之辱的人，不被仇恨蒙蔽雙眼，以德報怨，更能顯示自己的仁德，建立威望。（2分）

白話語譯

《韓信受辱》

淮陰侯韓信，淮陰縣人。還是平民百姓的時候，因為家境貧寒，沒有甚麼善行可以推薦做官。又不會做生意維持生活，經常到別人家裏蹭飯吃，別人都很厭惡他。曾經在下鄉縣南昌亭長家混了幾個月，亭長的老婆沒辦法，一大早做好飯後躲在被子裏吃，到了吃飯的時候韓信去到，亭長的老婆卻沒有為他準備飯食。韓信知道原因之後大怒，再也不去了。

淮陰宰殺牲口的市場中，有個年輕人侮辱韓信，説：「你雖然又高又大，喜歡帶刀佩劍，但內心怯懦。」此時當着眾人的面侮辱韓信説：「你要是不怕死，就拿劍刺我；如果怕死，就從我褲襠裏鑽過去。」在這時候韓信仔細看着對方，最終彎下身子從他的褲襠裏鑽過去。整個市場的人都笑話韓信，認為他膽小。

漢王被圍困在固陵時，採用了張良的計策，徵召齊王韓信，於是韓信率領軍隊在垓下與漢王會師。項羽被打敗後，高祖用突襲的方法奪取了齊王的軍權。漢五年正月，改封齊王韓信為楚王，建都下邳。韓信到了下邳。見到下鄉南昌亭亭長，賜給百錢，説：「你是小人，做好事有始無終。」又召見曾經侮辱過自己，從他胯下爬過去的年輕人，任用他為中尉，並告訴將相們説：「這是位壯士。當日侮辱我的時候，我難道不能殺死他嗎？殺掉他沒有意義，所以我忍受了一時的侮辱而成就了今天的功業。」

初中文言攻略 上

作者
李國君　陳家汶

策劃
謝妙華

編輯
廖鈺鈞

美術設計
Venus

排版
辛紅梅

出版者
萬里機構出版有限公司
香港鰂魚涌英皇道1065號東達中心1305室
電話：2564 7511
傳真：2565 5539
電郵：info@wanlibk.com
網址：http://www.wanlibk.com
　　　http://www.facebook.com/wanlibk

發行者
香港聯合書刊物流有限公司
香港新界大埔汀麗路 36 號
中華商務印刷大廈 3 字樓
電話：2150 2100
傳真：2407 3062
電郵：info@suplogistics.com.hk

承印者
中華商務彩色印刷有限公司
香港新界大埔汀麗路 36 號

出版日期
二零一九年四月第一次印刷

萬里機構

萬里 Facebook